AF205170

PIT BOSTON

tomorrow

FANTASY

FSC
www.fsc.org
MIX
Papier aus ver-
antwortungsvollen
Quellen
Paper from
responsible sources
FSC® C105338

Idee, Design & Layout: P i T

Alle Stories sind frei erfunden

Impressum

Herstellung und Verlag:
BoD - Books on Demand GmbH, Norderstedt
ISBN 978-3-7481-2642-3

© 2019

Inhalt

Flaschenpost aus dem Jenseits

Jenny liebte es, ihren Urlaub am Meer zu verbringen. Immer, wenn es ihr möglich war, fuhr sie dorthin. Und wenn die kühle Seeluft um ihre Ohren blies, fühlte sie sich so richtig wohl. Auch im Sommer des Jahres 2002 war das wieder so. Bereits drei Tage genoss sie schon ihren Urlaub und das Wetter war herrlich. Die Sonne schien und sie konnte jeden Tag am Strand liegen. An einem besonders heißen Tag musste sie sich oft im Wasser abkühlen, damit sie es in der Sonne aushalten konnte. Sie schwamm weit hinaus und tauchte ab und zu mit ihrem Kopf in das kühle Wasser. Plötzlich stieß sie an einen harten Gegenstand. Erschrocken schaute sie sich um und entdeckte vor sich eine kleine Flasche, die munter auf den Wogen tanzte. Natürlich wunderte sie sich über dieses seltsame Fundstück, doch sie ergriff es und schwamm zum Strand zurück. Sie hatte keine Zweifel, dass es sich um eine Flaschenpost handelte. In ihrer kleinen Strandburg betrachtete sie sich die Flasche etwas genauer. In ihrem Inneren entdeckte sie einen eingerollten Zettel, war das ein Brief? Mit einem Stein zerschlug sie die Flasche und nahm den Zettel an sich. Bisher hielt sie das Ganze für einen großen Spaß, doch als sie den Zettel las, verging ihr das Lachen. Der Zettel war in englischer Sprache verfasst. Darauf stand: „Ich bin Toni Miller. Ein Schiff ist in Seenot, die „Corona-Star"! An Bord sind etwa 150 Passagiere. Sie wurden im dichten Nebel von irgendetwas gerammt. Wenn Sie diese Nachricht lesen, kommen sie und rettet Sie die Leute. Vielleicht haben sie noch eine Chance. Danke, T.M.!" Nervös faltete Jenny den Zettel zusammen und sammelte die Scherben der Flasche auf, um sie in eine alte Einkauftüte zu werfen. Sollte sie diese Flaschenpost ernst nehmen? Doch an wen sollte sie sich wenden? Vielleicht wusste die örtliche Polizei Rat. Sie packte ihre Sachen zusammen und lief los. Bei der Polizei legte sie den Zettel vor und die begannen nach anfänglichen Bedenken mit den Ermittlungen. Jenny war nicht sehr wohl bei dem Gedanken, dass vielleicht zur gleichen Zeit so viele Menschen in Not sein könnten. Das Schiff, die „Corona-Star" gab es tatsächlich und sie war bereits auf dem Weg. Doch es gab weder eine Katastrophe, noch waren Menschen in Not. Es konnte nichts unternommen werden. Dennoch ließ Jenny diese Nachricht keine Ruhe. Sie hatte das untrügliche Gefühl, dass dem Schiff nichts Gutes bevorstand. Von ihrer Mutter hatte sie diese Gabe für Vorahnungen geerbt. Und schon oft wurden sie dadurch vor Schlimmerem bewahrt. Sie musste unbedingt Kontakt zum Kapitän des Schiffes aufnehmen. Von der Polizei erfuhr sie, wie sie mit dem Schiff in Kontakt treten konnte. Sie rief beim Kapitän an und der zeigte sich sehr verständig. Jenny meinte, dass sein Schiff möglicherweise mit etwas Unbekanntem kollidieren könnte. Und da sich die „Corona-Star" bereits vor einer dichten Nebelwand befand, ließ er das Schiff vorsichtshalber evakuieren. Kaum hatte er die Passagiere zu drei in der Nähe befindlichen Fischkuttern bringen lassen, geschah das Unglück. Aus der Luft ertönte ein ohrenbetäubendes Pfeifen, dann schlug mit lautem Knall etwas Großes auf das Schiff. Es stellte sich heraus, dass ein Meteorit aus dem All auf das Schiff gestürzt war. Er zerstörte einige Kabinen und riss außerdem ein riesiges Loch in den Rumpf. Im dichten Nebel sank das Schiff innerhalb weniger Stunden. Hätte der Kapitän nicht rechtzeitig die Menschen auf dem Schiff evakuieren lassen, wären viele ums Leben gekommen. Jenny konnte es einfach nicht fassen. Die Katastrophe fand tatsächlich statt! Doch das aller seltsamste war, dass die Flaschenpost von keinem der Geretteten abgeschickt wurde. Weder unter den Passagieren noch in der Mannschaft des Schiffes gab es einen Toni Miller. Vielleicht hatte jemand unter einem falschen Namen die Flaschenpost verfasst? Als sie den Zettel noch einmal genauer betrachtete, bemerkte sie, dass es sich um ein abgerissenes Stück eines Kalenders handelte. Darauf stand ein Name, vielleicht der des Schiffes, Jenny las: „Andrea Doria". Auch das Datum konnte man noch erkennen. Es war der 25. Juli, der Tag, an welchem die Andrea Doria damals mit einem anderen Schiff kollidierte. Bei Jennys weiteren Recherchen kam außerdem ans Licht, dass sich an Bord der „Andrea Doria" auch ein Passagier namens Toni Miller befand.

Die H-Bombe

Ein Radiosender war in die Luft geflogen. Es hieß, dort waren Terroristen am Werk und die hätten schließlich die Bombe gezündet. Glücklicherweise kam niemand ums Leben, doch die Gefahr war da. Und als dann auch noch die unfassbare Nachricht die Runde machte, dass eben diese Terroristen im Besitz einer Wasserstoffbombe seien, war die Panik groß!

Nicht der Radiosender schien mehr Thema und auch nicht die Tatsache, dass es Terroristen waren, nein, die H-Bombe beherrschte von nun an die Medienwelt. Leider wurde nicht richtig recherchiert und die alte Krankheit der Desinformation grassierte mal wieder gefährlich durch die Lande. Dennoch glichen die großen Städte bestens bewachten Festungen, die wirklich alle technischen und menschlichen Möglichkeiten zu nutzen im Stande waren. Tatsächlich erschien wohl niemand mehr vor den Kontrollen der Einsatzkräfte und der neu gegründeten Androiden-Streifen (Roboter-Polizei), die seit einigen Tagen die Straßen durchquerten, sicher. Gegen die Androiden gab es keinerlei Waffen. Sie steckten alles weg und es schien, als wenn sich die Terroristen angesichts der übermächtigen Kontrollen nichts mehr getrauten. Brent wusste von alledem und wollte dem bösartigen Treiben ein Ende setzen. Er war Terroristenjäger und er glaubte sich auf der richtigen Spur. Die Androiden-Polizei lief beinahe stündlich Streife und Brent musste sich vor ihnen verbergen. Er wollte an den Stadtrand, um sich unerkannt mit einem der Terroristen, von dem er hoffte, er würde hinter alledem stecken, zu treffen. Als er in seinem Briefkasten jedoch ein mysteriöses Schreiben vorfand, in welchem angekündigt wurde, dass die H-Bombe schon in wenigen Stunden hochgehen sollte, wusste er auf einmal doch nicht mehr, an welchem Ende er suchen sollte. All seine Vermutungen, all sein Spürsinn schien falsch zu sein. Er kannte Namen, Hintermänner und Verflechtungen, doch diese Schrift, in welcher der Brief verfasst wurde – noch nie hatte er sie gesehen. Wieder war er am Anfang und er wusste einfach nicht mehr weiter. Nachdenklich saß er am Ufer der portugiesischen Atlantikküste und überlegte. Es dämmerte bereits und das Meer lag ruhig und friedlich, so, wie es immer war, vor ihm. Plötzlich und wie aus dem Dunkel der Nacht entsprungen fuhr ein greller Blitz aus den Wolken. Brent wollte schon nach Hause eilen, weil er glaubte, ein Gewitter beginnt aber es folgte kein Donner. Auch einen weiteren Blitz gab es nicht, dafür bildete sich vor ihm ein rechteckiger lichtdurchfluteter Kasten. Ängstlich und erschrocken versteckte sich der sonst so mutige Brent hinter einem Felsen. Der Lichtkasten war mannshoch und schien wie ein Korridor, ein Korridor nach irgendwohin. Brent rieb sich die Augen, wollte all das einfach nicht glauben – vielleicht spielte ihm sein Verstand einen Streich, vielleicht war aber auch die Aufregung der letzten Tage und Stunden einfach viel zu viel? Aus dem Lichtkasten trat ein fremder Mann in einem blauen Anzug auf den steinigen Weg. Er blickte sich nach allen Seiten um und schien sich irgendwie nicht zurechtzufinden. Brent überlegte, sollte er sich zeigen? Sollte er seine sichere Deckung verlassen, um den Fremden anzusprechen? Er musste es wagen, er wollte es so! Und so verließ er ein wenig zögerlich seine Deckung und stand Augenblicke später vor dem fremden Mann. Plötzlich verschwand das Lichtfenster und nur die blutrote Sonne versank im atemberaubend blankgeputzten Ozean. Da standen sie nun, zwei Menschen, von denen keiner wusste, wen er gerade vor sich hatte. Brent fasste sich als erster. „Wer bist du? Woher kommst du", stieß er hervor und wartete dann eine Weile ab. Der Fremde musterte Brent eine ebenso lange Ewigkeit bevor er endlich etwas sagte. „Ich bin Faso", antwortete er dann und Brent staunte, denn der Fremde sprach eine Sprache, die er gut kannte, deutsch! Diese Sprache hatte er viele Jahre studiert und ihm seinen Beruf als Journalist ermöglicht. „Ich komme aus Quark", sprach der Fremde weiter, „es ist ein riesiges Land und wir schreiben das Jahr 3655 nach Christus." Brent blieb vor lauter Erstaunen der Mund offenstehen. Sollte das, war er da hörte, ja selbst was er sah, wirklich wahr sein? Wurde er am Ende gar ein Opfer seiner eigenen verrückten Fantasien? Der Fremde grinste ein ganz klein wenig, schien sich wohl über Brents Unsicherheit zu amüsieren. Doch dann wurde er wieder ernst und sagte: „Brauchst keine Angst zu haben. Ich bin auch ein Mensch wie du. Nur das ich eben aus einer anderen Zeit komme. Wir testen gerade die Zeitflüge und wir suchten deine Zeit ganz gezielt heraus. Ich weiß, dass du Sorgen mit einem verheerenden Sprengsatz hast. Ihr nennt ihn wohl H-Bombe. Doch du brauchst keine Angst zu haben. Die Bombe wird sofort eliminiert. Ich weiß wo sie ist. Komm zu mir und wir gehen dorthin." Brent konnte nicht glauben, was er da hörte. Sollte dieses Geschwätz von diesem Unbekannten wirklich echt sein? Was, wenn es ein gut ausgebildeter Terrorist war? Der vermeintliche Faso schien das zu verstehen, offenbar verständigten sich die Menschen in der Zukunft auf diesem Wege. Und er war einverstanden, wollte natürlich schnellstens zu dem Ort, wo die gefährliche H-Bombe lagerte.

Noch ein wenig zaghaft aber zielsicher trat Brent neben Faso und plötzlich verschwand die Umgebung wie in einem Meer aus Licht. Genau so schnell wie alles verschwand, erschien es auch schon wieder und die beiden Reisenden schwebten über einer kleinen Stadt. Brent erkannte den Ort sofort. Es war eine kleine unbedeutende Stadt am Meer. Wie im Märchen sah sie aus und die Stille in der Wolke, die ganz und gar aus Plasma zu bestehen schien, driftete wie eine Feder über der düsteren Landschaft. „Keine Sorge", sagte Faso, „niemand kann uns sehen. Aber wir sehen dafür alles." Langsam flogen die beiden bis zu einem flachen Gebäude am Rand der Stadt. „Hier befindet sich die Bombe", sagte Faso ruhig. Er war so ausgeglichen und überlegt, dass Brent beinahe schon neidisch wurde. Doch dann blieb ihm erneut der Mund offenstehen. Denn aus dem Gebäude erhob sich irgendetwas. Als es in der Plasmawolke war, erschrak Brent fürchterlich. Es war die H-Bombe, die so groß wie ein Mittelklassewagen neben ihm schwebte. Die abenteuerlichsten Gedanken schwirrten ihm durch den Sinn: „Was, wenn das Ding hochging, alles wäre mit einem Blitz zu Ende!" Faso hingegen betrachtete sich die Bombe sehr interessiert und meinte dann so ruhig wie eben: „Interessant, so sieht also der leibhaftige Tod aus. Warum nur habt ihr es einfach nicht geschafft, solcherlei fürchterlichen Dinge für immer zu eliminieren?" Brent wollte etwas sagen, doch da bemerkte er, wie aus dem Haus, aus welchem die Bombe gekommen war, Dutzende Menschen strömten und wild um sich schossen. Allerdings trafen sie nichts, denn die Androiden-Polizei war schon vor ihnen dort. Die Männer, bei denen es sich um die gefährlichen Terroristen handelte, wurden festgenommen und abgeführt. Doch da war ja noch die gefährliche H-Bombe. Würde die tatsächlich nicht hochgehen, und was, wenn sie mit einem Zeitzünder versehen war? Aber da grinste Faso wieder so komisch und Brent wusste, dass nichts Schlimmes mehr geschehen könnte. Faso meinte, dass er nun wieder zurückmusste, zurück in seine Welt, zurück ins Jahr 3655. Brent verstand das und die Plasmawolke raste zurück zu der Stelle, an welcher sich die beiden jungen Männer aus den unterschiedlichsten Welten kennengelernt hatten. Faso hatte die Bombe mit einer sonderbaren Flüssigkeit überzogen und gemeint, dass dies eine Art Konservierung sei. Doch Brent verstand auch das nicht, wollte stattdessen noch so vieles von der so weit entfernten Zeit wissen. Und Faso erzählte ihm von Überräumen im Weltall, von Raumtransporten durch Wurmlöcher und von Erkenntnissen über die Entstehung des Universums. Es war sogar gelungen, hinter den sogenannten Urknall zu schauen und die Singularität zu verstehen. Demnach war die gesamte Entstehung des Alls ein einziges Wiedergebähren und Zerfallen. Und natürlich hatte alles etwas mit einem gewissen Plan zu tun, den man erst einmal begreifen musste. Aber über die Zivilisation, aus welcher er kam, sprach er nicht. Er meinte, dass es Brent wohl nicht verstehen könnte, wie die Menschen in dieser fernen Zeit lebten. Sie waren nicht mehr so, wie sie zu Brents Zeit herumliefen. Sie hatten längst ihre Körper in ewig existierende Erbinformationen getauscht und hatten ihr Denken auf eine wesentlich höhere Ebene gestellt, in welcher sie nicht mehr mit nur drei Dimensionen dachten, sondern mit fünf. Brent staunte und als sie sich verabschiedeten, schien es ihm, als wenn eine Träne über seine Wange glitt. Zu gern hätte er diese fremde Gesellschaft kennengelernt, die wohl doch einen recht menschlichen Ursprung in sich trug. Und als Faso mit seiner Plasmawolke in dem Lichtfenster verschwand, war sich Brent sicher, dass sich irgendwann alles ändern würde. Nur, warum wollte Faso die H-Bombe mit sich nehmen? Seine Gesellschaft hatte doch ganz bestimmt längst Waffen, die viel intensiver als eine solche Bombe sein würde. Kannten sie überhaupt noch Waffen oder lebten sie in Frieden und ewiger Liebe? Warum also war Faso so gezielt in seine Zeit gekommen? Nur, um die Bombe an sich zu nehmen?

Als sich das Lichtfenster hinter Faso schloss, wollte Brent schon wieder nach Hause gehen, aber da stutzte er. Denn eine seltsame Schrift, die er schon einmal irgendwo gesehen hatte, flimmerte wie ein böses Omen an der Stelle, wo eben noch das Lichtfenster driftete. Brent erkannte die Schrift, es war Altdeutsch und da stand zu lesen: Danke für deine Hilfe. Jetzt haben wir endlich die Technologie einer starken Waffe, mit der wir zurückkommen werden.

Der gespenstische See

Carmen liebte die Einsamkeit. Immer, wenn es passte, floh sie aus der hektischen Stadt, um irgendwo draußen in der Natur Urlaub zu machen. Diesmal sollte es ein See im wunderschönen Mecklenburg-Vorpommern [Deutschland] sein. Malerisch lag der kleine See zwischen den Bäumen des stillen Waldes und das kleine Ferienhaus schmiegte sich idyllisch zwischen die Bäusche und Sträucher. Es regnete ein wenig, als sie den See erreichte. Doch sie verschanzte sich nicht etwa in dem kleinen Ferienhaus, nein, sie setzte sich mit ihrem Regenschirm an den Strand und genoss die Ruhe. Weil sie abschalten wollte und noch immer den Lärm der großen Stadt Berlin in ihren Ohren hatte, bemerkte sie gar nicht, dass ein dumpfes Grollen über die Wasseroberfläche kroch. Als sie es schließlich doch bemerkte, war es bereits zu spät. Schäumend und rumorend teilte sich die Wasseroberfläche vor ihr und irgendetwas wurde an Land gespült. Als Carmen genauer hinsah, traf sie beinahe der Schlag. Denn das, was da vor ihr lag, war ein toter Mensch! Allerdings war er in irgendetwas eingewickelt. Carmen war derart überrascht, dass sie sich zunächst gar nicht bewegen konnte. Wie gelähmt starrte sie auf den Toten und wusste nicht, was sie tun sollte. Schnell zog sie ihr Mobiltelefon aus der Tasche und wollte die Polizei rufen. Doch es war genau wie in einem schlechten Film – sie hatte kein Netz. Und als ob das noch nicht alles war, schäumte erneut das Wasser wild auf und umschloss sie wie ein Ring. Carmen saß wie auf einer Insel und das schäumende Wasser um sie herum schien sie nicht mehr fortlassen zu wollen. Immer näher kamen die Wogen an sie heran und schienen sie wohl schon bald gierig in sich verschlingen zu wollen. Da erblickte sie einen Baumstamm, der wehrhaft in der schäumenden See standhielt. Schnell sprang sie auf den Baumstamm zu und staunte, dass sie so flink an dem Stamm emporklettern konnte. In einer Astgabel ganz oben hielt sie inne und musste sich erst einmal verschnaufen. Unter sich sah sie das tosende Wasser und konnte gar nicht verstehen, was da vor sich ging. Vermutlich war der Mann, der tot am Ufer lag, auf die gleiche Weise ums Leben gekommen. Nur hatte er es nicht mehr geschafft, diesen Baumstamm zu erreichen, der ihm vielleicht das Leben hätte retten können. Dennoch war auch für sie die Lage sehr ernst und es sah beinahe so aus, als wenn sich schon in Kürze auch ihr Schicksal gegen sie wenden würde. Aber da beruhigte sich der See wieder und das Wasser zog sich zurück. Es schien beinahe so, als wenn der See nur drohen wollte, nur ja nicht zu nahe an irgendetwas zu kommen. Und weil Carmen so schnell auf den Baum geklettert war, bestand keine Gefahr mehr für den See. Was jedoch konnte es in diesem See schon für ein Geheimnis geben? Carmen beschloss, der Sache auf den Grund zu gehen. Doch dazu musste sie erst einmal vom Baum herunter, und die Angst vor dem Abstieg war groß! Sollte sie es wirklich wagen? Was, wenn es gleich wieder los ging? Sie musste es tun und kletterte vorsichtig und mutig auf das steinige Ufer zurück. Der Tote war sonderbarerweise wieder weggespült worden, fast schon so, als wollte es der See nicht zulassen, dass der neue Gast Carmen gleich die Polizei holte. Dennoch konnte er die Tatsache nicht wegspülen, denn Carmen hatte den Toten nun einmal gesehen und sie würde ganz sicher schon bald die Polizei alarmieren.

Als die junge Frau in der sicheren Hütte unter den Bäumen war, schaute sie nachdenklich aus dem Fenster zum See hinüber. Noch wollte sie die Polizei nicht holen, denn es dämmerte bereits und in der Nacht wollte sie keinesfalls am Ufer des Sees verharren, um auf die Beamten zu warten. An Schlaf war allerdings auch nicht zu denken, und so holte sie sich stattdessen einen Stuhl, um sich am Fenster zu postieren. Sie musste versuchen, wach zu bleiben, damit sie den See im Auge behalten konnte. Gegen Mitternacht vernahm sie wieder dieses rätselhafte Grollen, welches sie schon beim Eintreffen an diesem Gewässer bemerkt hatte. Es rumorte und brummte derart heftig, dass Carmen keine Schwierigkeiten hatte, wach zu bleiben. Vielleicht war es tatsächlich eine Warnung, jedenfalls traute sich die junge Frau die ganze Nacht über nicht aus der Hütte.

Die ganze Zeit über hatte sie darüber nachgedacht, ob sie überhaupt jemanden holen sollte. Und sie fand, dass sie ihre Beobachtungen nicht beweisen konnte. Denn der Tote war nicht mehr da und der See lag ruhig, als sei nie etwas gewesen. Nein, sie musste sich lediglich entscheiden, ob sie bleiben wollte oder doch wieder nach Hause fahren mochte. Sie blieb und suchte nach einer Sonnenliege. Im hinteren Teil der Hütte fand sie einen hölzernen Sonnenstuhl. Denn schleppte sie ans Ufer und legte sich in die Sonne. Der Latte Macchiato schmeckte wunderbar und es schien, als wenn dieser neue Tag frei von allem Bösen sein würde. Bis auf die Tatsache, dass es ab und an mal leise brummte, tat sich nichts mehr. Irgendwann fand sie das Ganze auch gar nicht mehr so schlimm. Vielleicht hatte sie sich ja den Toten auch nur eingebildet oder es war ein Gag, den man sich extra für die meist einsamen Urlauber hier draußen ausgedacht hatte? Sie wusste es nicht und schob all ihre verrückten Erlebnisse kurzerhand ins Reich der Fantasie. Als es ihr immer wärmer wurde, wollte sie doch ins Wasser, um sich ein wenig frisch zu machen. Auch war das andere Ufer ganz nah, sodass es sicherlich keine Schwierigkeiten gäbe, dorthin zu schwimmen. Vorsichtig benetzte sie ihre Zehen mit dem frischen klaren Wasser. Ach, wie herrlich das doch war, und dann dachte sie gar nicht länger nach und lief laut „JUHUU" rufend in den See hinein. Mehrmals schwamm sie die kurze Strecke hin und zurück und fühlte sich dabei immer besser. Plötzlich jedoch schien es ihr, als wenn sich die Beschaffenheit des Wassers abrupt änderte. Und ausgerechnet jetzt war sie genau in der Mitte des Sees. Als sie mit ihren Händen das Wasser untersuchte, erschrak sie fürchterlich – denn das Wasser war kein Wasser mehr, sondern zähes rotes Blut! Erschrocken und ängstlich paddelte sie in der zähflüssigen Brühe bis zum Ufer zurück und lief sofort zur Hütte. Sie zitterte am ganzen Leibe und spülte das Blut mit einem Kanister Wasser von ihrer Haut. Als sie zum See zurücklief, war da wieder reines frisches Wasser, so, als sei es niemals anders gewesen. Jetzt wurde es ihr zu bunt, sie wollte nur noch weg! Hastig packte sie ihren Trolley und warf ihn in ihren Wagen. Unterdessen schäumte das Wasser des Sees wieder auf und erhob sich bedrohlich hoch in die Luft. Immer näher kam es und es rauschte dabei ganz fürchterlich. Carmen startete den Wagen, doch es war wie verhext, der Motor sprang einfach nicht an. Immer wieder versuchte sie es und endlich, als das schäumende Wasser wie eine drohende Wand hinter ihr angekommen war, heulte der Motor laut auf. Panisch gab sie dem Wagen die Sporen und schaffte es gerade noch rechtzeitig, der riesigen Wasserwand zu entfliehen. Die Hütte allerdings war nicht mehr zu retten, sie knickte zusammen als sei sie aus Streichhölzern errichtet. Das gesamte Areal verwüstete die Monsterwelle und Carmen schaffte es gerade so bis zur Straße. Dort war nichts mehr von der Wasserwand zu sehen und es wurde wieder still. Lange fuhr die junge Frau, bis sie schließlich ein Motel erreichte. Offenbar waren keine Geäste da, denn es stand lediglich ihr Fahrzeug auf dem naturbelassenen Parkplatz. Am ganzen Leibe zitternd lief sie in das Haus und setzte sich in die kleine Gaststube. Sie musste sich erst einmal einen ordentlichen Schnaps genehmigen, damit sie wieder ruhig wurde.

Nach dem dritten Schnaps spürte sie, wie die Wärme in ihre Glieder und schließlich auch in ihren Leib zurückkehrte. Die neugierige Wirtin setzte sich zu ihr und erkundigte sich, wie es ihr ging. Carmens Zunge war durch die Schnäpse ein wenig gelockert und so erzählte sie von dem sonderbaren furchterregenden See. Interessiert hörte sich die Wirtin alles an und wurde doch sehr nachdenklich dabei. Dann kratzte sie sich auf der Stirn und meinte mit recht düsterer Stimme: „Ja ich weiß, das hat schon einmal ein Urlauber berichtet, die dort Ferien machen wollte. Allerdings habe ich ihn später nie mehr gesehen. Dafür machte eine alte Geschichte die Runde. Es hieß, dass vor hundert Jahren eine junge Frau dort gelebt haben sollte. Sie konnte keine Kinder bekommen und betete jeden Abend am Ufer des Sees, doch endlich schwanger zu werden. Eines Tages badete sie in dem ruhigen Wasser des Sees und einen Tag später gebar der See ein Baby-es war ein kleiner Junge. Und man munkelt, dass der See gar kein See sei, sondern eine Gebärmutter, die in ihrer Flüssigkeit neues Leben entstehen lässt, und unter keinen Umständen und von niemandem gestört werden will." Carmen konnte es nicht glauben, sollte das wirklich alles der Wahrheit entsprechen? Als sie in das Gesicht der Wirtin schaute, ahnte sie jedoch, wie sie das verstehen musste. Denn die Wirtin schaute gar nicht mehr so freundlich wie eben noch, sondern ziemlich ernst. Und ihre plötzlich feuerrot aufblitzenden Augen untermalten gespenstisch ein monotones Rumoren und Grollen, das Carmen schon einmal irgendwo gehört zu haben glaubte.

Teuflische Begegnung

Es war ein heißer Sommertag und John war mal wieder mit seinem neuen Cabrio unterwegs. Er liebte es, wenn die Sonne in sein Fahrzeug schien und er genoss die zahlreichen Blicke der Leute. An diesem Tage wollte er einmal etwas weiterfahren als sonst. Schon lange hatte er die Stadt hinter sich gelassen, da zog ein Gewitter auf. Obwohl er sich nicht vor solchen Naturerscheinungen fürchtete, erschien ihm diese Gewitterfront doch sehr seltsam. Es waren tief schwarze Wolken, die sich rasch näherten und John schloss schleunigst das Verdeck des Wagens. Die immer stärker werdende Dunkelheit hatte irgendetwas Bedrohliches. John hatte so etwas noch nie erlebt. Plötzlich setzte ein heftiger Sturm ein. Taubeneigroße Hagelkörner schlugen gegen die Scheiben und die ersten Risse zeichneten sich bereits ab. Die Straße glich einem Billardspiel. Überall sprangen die Hagelkörner umher und John bog in eine schmale Waldschneise ein und hielt den Wagen an. Unter dem dichten Blätterdach des Waldes fühlte er sich zunächst sicher genug. Doch die grellen Blitze, welche die Dunkelheit kurzzeitig erhellten, sowie die heftigen Donnerschläge kurz danach, beunruhigten ihn zusehends. Er wusste nicht mehr, was er tun sollte. Umkehren war zu riskant und weiter in den Wald wollte er ebenfalls nicht hineinfahren. So beschloss er zu warten, bis sich das Gewitter vorzogen hatte. Aber das Gewitter verzog sich nicht. Mittlerweile tobte es bereits zwei geschlagene Stunden. Lediglich der Hagel verwandelte sich in einen heftigen Landregen. Ratlos saß er in seinem Wagen und hörte sich eine CD nach der anderen an. Langsam ging ihm die Musik auf die Nerven. Er suchte nach seinem Handy, fand es jedoch nicht. Auf dem schmalen Waldweg vor ihm sah er eine Gestalt. Behäbigen Schrittes kam sie auf das Fahrzeug zu. Weil es so dunkel war, konnte John nicht sehen, wer es war. Er schaltete die Scheinwerfer ein, doch was war das, die Gestalt war spurlos verschwunden. Wie konnte das nur möglich sein? Mied diese Person etwa das Licht? Aber warum? John hatte plötzlich so ein merkwürdiges Gefühl im Bauch. Und obwohl er sich alles andere als fürchtete, spürte er jetzt doch diesen seltsamen Schauer, der ihm über den Rücken lief. Hatte er sich vielleicht geirrt? War da in Wirklichkeit gar keiner? Doch als er die Scheinwerfer wieder ausschaltete, glaubte er doch, dass vor dem Wagen irgendjemand stand. Was sollte er nur tun? Sollte er einfach die Wagentür öffnen und die Gestalt ansprechen? Und warum sagte dieser „Jemand" nicht selbst etwas? John betätigte den Knopf für die Zentralverriegelung und verschloss die Türen. Im selben Augenblick hörte er eine dumpfe, gespenstisch klingende Stimme. Sie grollte zunächst wie ein Bär und begann schließlich zu sprechen: „Ich bin gekommen, um Deine Seele zu holen! Du bist zu maßlos geworden und heute wirst Du mit mir kommen." John bekam einen derartigen Schreck, dass er augenblicklich den Wagen startete und losfahren wollte. Aber er hatte nicht damit gerechnet, dass der heftige Regen den Waldweg sehr stark aufgeweicht hatte. So war es ihm unmöglich, auch nur einen einzigen Zentimeter zu fahren. Laut heulte der Motor des Wagens auf und die Räder drehten im tiefen Morast durch. Total verzweifelt saß John hinterm Steuer. Da beugte sich die Gestalt herunter und ihr Gesicht war nun deutlich vor der Windschutzscheibe zu erkennen! John traf beinahe der Schlag, vor dem Wagen stand der Teufel! Sein knochiges fahles Gesicht wurde von einer schwarzen Kapuze verhüllt. Doch die beiden Erhebungen auf dem Kopf waren deutlich zu sehen. Das mussten die Hörner des Teufels sein. Außerdem stachen unter der scharfkantigen Stirn zwei feuerrote Augen hervor. Der Atem des Leibhaftigen musste so eisig sein, dass das Regenwasser auf der Scheibe gefror. Wenigstens musste John nun nicht mehr sein Gesicht sehen. Aber es war nicht weniger gefährlich. Denn nun setzte der Teufel das ein, was wohl am besten zu ihm passte, das Feuer! Es rumorte und knisterte und die Scheibe taute im Nu auf. Die Flammen hüllten den Wagen vollständig ein und drohten ihn zu verschlingen. John wurde es heiß und er schaltete die Klimaanlage ein. Doch das nutzte gar nichts. Die Kühlung der Klimaanlage konnte die Hitze des teuflischen Flammenmeeres nicht ansatzweise neutralisieren. Es wurde so unerträglich heiß, dass John ohnmächtig in seinem

Sitz zusammensank. In einer mächtigen Windhose entschwand die teuflische Gestalt, und das Gewitter verzog sich. Ein lautes Geräusch weckte John schließlich wieder. Langsam öffnete er seine Augen. Noch immer fühlte er sich schwach und ängstlich. Auch war ihm schlecht, sehr schlecht. Er glaubte, sich übergeben zu müssen. Aber es war angenehm kühl im Wagen. Das laute Geräusch, welches er hörte, wurde durch ein Klopfen verursacht. Es musste am Wagen sein. War etwa der Teufel noch ... er schaute sich um. Draußen war es wieder hell geworden und irgendjemand klopfte gegen die Windschutzscheibe. Erleichtert sah er, dass es seine Schwester Ina war. Vorsichtig öffnete er die Tür und spürte die frische angenehme Luft, die um seine Nase wehte. Nach all diesen Ängsten, die er aushalten musste, nun endlich diese Erlösung. Er konnte sein Glück kaum fassen. Ina beugte sich zu ihm und fiel ihm um den Hals. Leise sagte John zu ihr: „Komm setz Dich in den Wagen!" Ina setzte sich neben ihn und er erzählte ihr, was er erlebt hatte. Dabei spürte er die misstrauischen Blicke, die ihm seine Schwester zuwarf. Doch ihr schien noch etwas ganz anderes auf der Seele zu brennen. Sie meinte, dass sie eine SMS auf ihr Handy bekommen hätte, eine SMS von John! Während sie das erzählte, holte ihr Handy und zeigte ihm die Nachricht. Darin stand, dass Ina sofort in den Wald bei „Wilhelms-Forst" kommen sollte. Er brauchte dringend ihre Hilfe, denn der Wagen sei im Morast steckengeblieben. Als Ina jedoch dort ankam, war kein Morast mehr da. Der Weg schien trocken zu sein. Und John glaubte zu wissen, dass er sein Handy daheim liegen gelassen hatte. Aber so war es nicht. Als die beiden ausstiegen, um den Weg auf eventuellen Morast oder Schlamm zu testen, entdeckte er plötzlich doch sein Handy. Es lag neben einer merkwürdigen kleinen Figur. Sie war aus Plastik und war mit einem schwarzen Umhang bekleidet. Das knochige Gesicht der Figur schaute bedrohlich unter einer schwarzen Kapuze hervor und irgendwie kam John dieses furchterregende Gesicht sehr bekannt vor!

Das Ende der Welt

Ich lag auf meinem Sofa und hatte den Laptop vor mir. Stundenlang blätterte ich in einer Online-Bibliothek. Ein dramatischer Tunneleinsturz, ein seltsamer Erdrutsch, eine entsetzliche Zug-Katastrophe, ich konnte mir das alles nicht erklären. Sollten wirklich all diese Unglücke durch menschliches Versagen oder andere erklärbare Naturerscheinungen erklärbar sein? Dann diese unerklärlichen Beben, die es immer wieder in bestimmten Gegenden gab. Sollten sie wirklich auf Wetterschläge oder dortige Bergbautätigkeiten zurückzuführen sein? Schließlich schaute ich mir eine wissenschaftliche Reportage im Fernsehen an. Paläontologie, Geologie, Weltraumforschung, was hatte das alles zu bedeuten? Wussten manche Wissenschaftler bereits Dinge, die uns allen noch verborgen blieben? Für mich stand fest, dass es einen Zusammenhang zwischen diesen Phänomenen und irgendetwas anderem gab. Und wenn es nicht so wäre, warum wurden dann in der letzten Zeit so viele Reportagen über all diese Themen gebracht? Ich beschloss, mich mit einem Wissenschaftler zu treffen. Hundemüde schloss ich meine Augen und schlief ein. Professor Schiller war einer der besten Geologen, über den ich schon einige interessante Abhandlungen im Internet gelesen hatte. Ich wollte mit ihm über all diese Dinge sprechen. Allerdings würde es wohl sehr schwer werden, einen Termin bei diesem vielbeschäftigten Mann zu bekommen. Also musste ich mir etwas einfallen lassen und hatte eine Idee. Ich gab vor, einen Artikel für eine namhafte Zeitung über Natur und Tiere zu schreiben. Es funktionierte und Professor Schiller erklärte sich bereit, mit mir zu sprechen. Er wunderte sich, dass ich ausgerechnet mit einem Vertreter seines Fachgebietes reden wollte. Doch er war ein älterer geduldiger Mann, dem es sichtlich Spaß bereitete, einen Jüngeren aufzuklären. Wir trafen uns in einem Straßencafé. Zunächst begann ich meine Fragestunde mit einfachen Fragen, die selbst ein Kind hätte beantworten können. Doch dann tastete ich mich weiter voran. Ich erwähnte diverse Naturkatastrophen und fragte ihn, was all das zu bedeuten hatte. Der Professor schaute mich sehr nachdenklich an. Schien er etwas bemerkt zu haben? Ich konnte mir sein plötzliches Schweigen nicht erklären. Er schaute sich nach allen Seiten um und meinte dann, dass er mit mir woanders hingehen wollte. Ich war einverstanden, verstand aber seine Reaktion nicht. Was war so schlimm an meiner einfachen Frage? Sie hatte doch noch gar nichts mit irgendwelchen Problemen zu tun. Oder doch? Wir gingen in einen kleinen Privatclub. Der Professor hatte eine Clubkarte und konnte mich als seinen Gast mitnehmen. Wir setzten uns in eine dunkle verschwiegene Ecke und plauderten weiter. Schiller fragte mich, ob ich von jemandem beauftragt wurde, solche Fragen zu stellen. Ich versicherte ihm, dass mich keiner beauftragt hatte und ich ihn aus freien Stücken und aus purem Interesse an den Dingen fragte. Plötzlich spürte ich, dass er sich auch in diesem Club nicht mehr allzu wohl fühlte. Er schlug mir einen Treffpunkt bei einer Müllhalde vor. Er meinte, dort könnte er freier sprechen als in diesem Club. Schon am nächsten Tag sollte es sein. Schnell verabschiedete er sich und verschwand. Am nächsten Tag stand ich zum vereinbarten Termin an besagter Müllhalde. Ich kannte solche Treffpunkte aus meiner Zeit als Journalist. Es dauerte lange, bis der Professor endlich erschien. Seinen Wagen parkte er hinter dichten Büschen eines angrenzenden Waldstückes. Schließlich liefen wir beide über die Wiese rund um die Halde und ich stellte dem Professor eine Frage nach anderen. Ich hatte den Eindruck, als sei er gelöster und aufgeschlossener als noch am Vortag. Er sprach von einem mysteriösen Gutachten, welches kürzlich bei ihm in Auftrag gegeben wurde. Wer es in Auftrag gab, wollte er mir nicht sagen. Demnach wären die von mir genannten Katastrophen keinesfalls reine Zufälle oder gar auf menschliches Versagen zurück zu führen. Die Untersuchungen ergaben, so der Professor, dass sich diese Vorfälle sogar noch verschlimmern würden. Er sprach vom Anheben des Meeresspiegels, von Überflutungen, von Katastrophen ungeahnten Ausmaßes. Außerdem sprach er von einem Urkrater und von diversen Supervulkanen. Ob diese Supervulkane in den nächsten Jahren ausbrechen würden, wusste er nicht. In jedem Falle hörte ich am Schluss seiner grausigen Ausführungen nur noch den Satz: „Es ist das Ende der Welt, so wie wir sie kennen!" Schockiert schaute ich in das Gesicht des Professors. Ich konnte nicht glauben, was er mir da gerade erzählte. Ich wollte wissen, ob die Erde diese Katastrophe überstehen könnte. Der Professor holte tief Luft. „Ich weiß es nicht", sagte er dann mit düsterem Gesichtsausdruck, „es gibt nämlich viele solcher Supervulkane. Ob sie zugleich ausbrechen oder erst in Millionen von Jahren, weiß ich nicht. Brechen sie aus, wäre das vermutlich verheerend!" Der Professor schaute mich vielsagend an und ich ahnte, was er damit meinte. Fassungslos starrte ich den Professor an, schaute auf die Landschaft um mich herum und schüttelte ungläubig meinen Kopf. In diesem Moment verfluchte ich meinen Wunsch, mit dem Professor je gesprochen zu haben. Andererseits wollte ich es so. Plötzlich druckste der Professor unsicher herum, war da etwa noch etwas? Ich erkundigte mich danach. „Ja, es gibt da noch etwas", meinte er schluchzend, „die Katastrophen brechen nicht zufällig über uns herein." Ich setzte mich auf einen Baumstumpf und fragte interessiert, was er damit meinte. Schiller antwortete, dass weit draußen im Universum ein unvorstellbar riesiges Raumschiff entdeckt worden sei. Es bestehe aus einer unbekannten gasförmigen Materie und hatte vor einigen Jahren Funkkontakt mit uns aufgenommen. Diese Wesen waren auf der Suche nach einer neuen Welt. Ihre eigene sei durch eine Supernova ihrer Sonne vollkommen zerstört worden. Sie fanden die Erde und diese war ihrem eigenen Heimatplaneten sehr ähnlich. Nur ihre Atmosphäre war stark schwefelhaltig. Da sie auf der Erde in Zukunft leben wollten, begannen sie nun, die alten Supervulkane von ihrem Raumschiff aus zu aktivieren. Innerhalb der folgenden dreißig Jahre würden sie die Erde umwandeln. Kein Mensch könnte dann mehr dort leben. Ich wusste nicht mehr, ob ich dem Professor weiter zu hören wollte. Zu entsetzlich und zu fürchterlich erschienen mir seinen Ausführungen. Sollte ich ihm all das wirklich glauben? Was sollte aus uns Menschen dann werden? Der Professor aber sagte, dass es ein geheimes Abkommen zwischen den Außerirdischen und einigen Wissenschaftlern gäbe. Die Erdbevölkerung sollte zunächst auf dem kleineren Mars angesiedelt werden. Denn die Außerirdischen seien zahlenmäßig der Erdbevölkerung weit überlegen. Der Mars würde nach einem sogenannten „Terraforming"- Verfahren mehrere Städte bekommen und die Erdbevölkerung könnte dann dorthin umgesiedelt werden. Der Professor wollte weitererzählen, doch ich konnte mir das alles nicht mehr länger anhören. Solch einen Unsinn hatte mir wirklich noch keiner weismachen wollen. Aber war das wirklich nur Unsinn? Ich jedenfalls glaubte dem Professor kein einziges Wort. Irritiert und mit einem seltsamen Gefühl im Magen beendete ich mein Interview. Der Professor verlangte strengste Verschwiegenheit von mir als wir uns verabschiedeten. Auf dem Heimweg gingen mir die wildesten Gedanken durch den Kopf. Sollten tatsächlich die meisten der Katastrophen auf der Erde auf die beginnende Umwandlung der Erde zurück zu führen sein? Wäre das unser ganz persönliches Ende der Welt? Nie wieder im Ozean baden und nie mehr durch die Wälder streifen? Nein, ich konnte es mir einfach nicht vorstellen. So etwas durfte niemals geschehen. Schweißgebadet öffnete ich meine Augen, wo war ich? Wo blieb der Professor? Ich lag auf der Liege vorm Fenster meiner Wohnung. Erleichtert stellte ich fest, dass ich alles nur geträumt hatte. Lächelnd stand ich auf und öffnete das Fenster. Da zog mir ein seltsamer, kaum wahrnehmbarer Geruch in die Nase. Und im Radio sprach irgendjemand von einer Aschewolke irgendeines fernen Vulkans, die angeblich den Flugverkehr behinderte!

Geisterstadt

Bei meinen Urlaubszielen bevorzugte ich stets die kuriosesten Orte. Doch die Stadt, welche ich vor fünf Jahren ansteuerte, glich einer Geisterstadt. Es begann mit einer seltsamen Naturerscheinung. Eigentlich fuhr ich ganz normal auf der Autobahn meinem Ziele entgegen. Die Sonne schien und der frische Fahrtwind zog durch die offene Scheibe meines Fahrzeugs und verbreitete eine angenehme Kühle. Doch plötzlich zog ein heftiges Gewitter auf. Ich fuhr von der Autobahn ab bis zu einem kleinen Waldstück und wartete erst einmal das Gewitter ab. Plötzlich blitzte es derart heftig, dass es danach sekundenlang stockdunkel wurde. Als es wieder hell war, sah alles etwas anders aus. Die Autobahn schien verlassen. Wo sich eben noch endlose Autoschlangen ihren Urlaubszielen entgegen wälzten, gähnte nun endlose Leere. Dennoch fuhr ich weiter. Ich wollte mein Ziel noch bei Tageslicht erreichen. Mitten auf der Autobahn stand ein Fahrzeug. Es stand einfach so da und ich fragte mich, was den Fahrer dazu bewegte, so riskant zu parken. Als ich an dem Fahrzeug vorbeifuhr, sah ich keinen Fahrer darin. Wie in aller Welt kam er dazu, das Fahrzeug mitten auf der Fahrbahn abzustellen und zu verschwinden? Kopfschüttelnd fuhr ich an dem Auto vorbei. Ich schaute zum Himmel, der irgendwie merkwürdig aussah. Die Sonne war gar nicht richtig zu erkennen, sie blendete mich nur. Plötzlich erschien ein großes Hinweisschild, dass die Autobahn gleich zu Ende sei. Ich fuhr die letzte Abfahrt hinaus und erkannte am Ende der Autobahn einen nebelumhüllten Berghang. Es wurde auf eine Ortschaft hingewiesen: Marienbach. Ich hatte diesen Namen noch nie zuvor gehört. Auch mein Navigationsgerät schien sich nicht mehr auszukennen. Schon seit einiger Zeit bekam es keinerlei Verbindung zum Satelliten. Ich hielt den Wagen an, um auf meine Karte zu schauen. Doch eine Ortschaft mit diesem Namen fand ich nirgends. So fuhr ich erst einmal weiter. Hinter einem Waldstück begann der Ort Marienbach. Doch alles dort kam mir seltsam vor. Kein Mensch war zu sehen und der Ort schien vollkommen verlassen zu sein. Auf dem kleinen Marktplatz parkte ich den Wagen und stieg aus. An der gegenüberliegenden Straßenseite stand ein Bus. Da ich sonst niemanden sah, ging dorthin und wollte im Bus fragen, wo ich mich eigentlich befand. Der Fahrer saß hinter seinem Lenkrad und rührte sich nicht. Als ich ihn ansprach, reagierte er gar nicht. Ich betrat den Bus und schaute mich um. Mehrere Menschen saßen dort. Einige hatten lustige Gesichter, aber sie bewegten sich nicht, schauten regungslos nach vorn. Ich sprach einen der Fahrgäste an, doch es kam keinerlei Reaktion von ihm. Mit starren Gesichtern saßen die Leute in den Sitzen und zeigten keinerlei Regung. Ich lief durch den Bus und rempelte dabei jemanden an. Die Frau fiel wie ein Stein vom Sitz und blieb regungslos im Gang liegen. Sofort wollte ich ihr helfen, fragte, ob ihr nicht gut sei, aber sie antwortete nicht. Als ich ihre Hand nehmen wollte, erschrak ich fürchterlich. Sie war hart wie ein Stein. Und in diesem Moment wurde mir klar, dass es sich um eine Puppe handelte. Der ganze Bus saß voller Puppen. Ich lief zum Fahrer zurück, doch auch der war eine Puppe. Ängstlich verließ ich den Bus und lief kopflos durch die Straßen. Sämtliche Geschäfte waren geschlossen. Nur eines schien geöffnet zu sein, ein Gemüseladen. Zumindest standen dutzende Kisten mit Obst und Gemüse davor. Als ich mir ein paar Äpfel aus einer Kiste herausnehmen wollte, stellte ich fest, dass sie aus Plastik bestanden. Irritiert warf ich sie zurück in die Kiste und rüttelte an der Ladentür. Doch auch diese ließ sich nicht öffnen. Ich versuchte, durch die Scheibe etwas zu erkennen. Aber es ging nicht. Offenbar hatte man sie von innen mit Papier beklebt. Ich ging zurück auf die Straße. An einer Straßenecke entdeckte ich zwei Frauen. Sie schienen sich zu unterhalten. Aber als ich zu ihnen ging, um sie zu fragen, was hier eigentlich los sei, waren auch das wieder nur zwei Puppen. Vor lauter Schreck fiel mir meine Geldbörse aus der Hand. Sie fiel auf die Wiese neben dem Bürgersteig. Als ich sie aufhob, bemerkte ich, dass es kein richtiges Gras war. Es war lediglich ein künstlicher Rasen. Jetzt bekam ich Panik, was ging hier nur vor? Nichts in diesem merkwürdigen Ort schien echt zu sein. Wo befand ich mich überhaupt? In einer Filmstadt vielleicht? Aber hätte man da nicht darauf hingewiesen? Wo blieb der Regisseur, die Schauspieler? Nervös schaute ich auf meine Uhr, sie zeigte bereits 9 Uhr abends, doch die vermeintliche Sonne stand noch immer hoch am Himmel. War hier die Zeit stehengeblieben? Oder woran lag es, dass die ganze Stadt wie ausgestorben war? Und was bedeuteten diese Puppen? Plötzlich wurde es schlagartig dunkel, so, als hätte jemand die Sonne ausgeknipst. Nur die Straßenlaternen leuchteten und gaben dem rätselhaften Ort ein gespenstisches Aussehen. Noch immer irrte ich durch die Straßen. Doch mir fiel auf, dass ich mich andauernd im Kreis zu bewegen schien. Egal, in welche Richtung ich auch lief, ich landete immer wieder auf dem Marktplatz. Der ganze Ort war von einer riesigen Mauer umgeben. Aber was lag hinter dieser Mauer. Ich lief auf die Absperrung zu. Sie war mit Grünpflanzen bewachsen und besaß keinerlei Durchgang oder Tor. Es half nichts, wenn ich wissen wollte, was sich dahinter befand, musste ich schon hochklettern. Ich griff nach den Pflanzenstängeln und stellte erneut fest, dass sie aus Plastik bestanden. Diesmal erschreckte mich das nicht mehr. Irgendwie hatte ich ja schon damit gerechnet. Ich kletterte auf die Mauer und schaute drüber, doch ich konnte nichts erkennen. Überall waberte dicker Nebel, der mir schon auf der Autobahn aufgefallen war. Plötzlich glaubte ich, in einem Horrorfilm zu sein. Aus dem Nebel erschien eine riesige Hand, sie griff nach mir! Ich reagierte sofort, sprang von der Mauer auf die vermeintliche Wiese zurück und rannte. Die Hand war bereits schon hinter mir und wollte mich ergreifen. Ich kam gar nicht dazu, mir Gedanken über die Herkunft dieser Hand zu machen. Als ich an meinem Fahrzeug ankam war die Hand dicht über mir. Ich schwang mich hinein und wollte losfahren. Doch die grausige Hand ergriff mein Auto und hob es hoch! Ich starrte durch die Windschutzscheibe und konnte nicht glauben, was ich da sah. Vor mir tauchte das lachende Gesicht eines Jungen auf. Das konnte doch gar nicht sein, wie war das nur möglich? War ich Gulliver im Land der Riesen oder was sollte sonst all das bedeuten? Ich sah mich bereits im Mund des Jungen verschwinden, da rüttelte mich jemand an der Schulter. Entsetzt fuhr ich herum und schaute entgeistert in das Gesicht eines Polizisten! „Sagen Sie mal, wie lange wollen Sie denn noch hier herumstehen? Das ist kein Parkplatz! Fahren Sie bitte weiter, sonst muss ich ein Verwarngeld von Ihnen verlangen!" Fassungslos starrte ich den Polizisten an, dann schaute ich aus dem Fenster meines Wagens. Ich befand mich auf einem schmalen Weg, der in einen Wald führte. Der Polizist zog ein mürrisches Gesicht und langsam kehrte ich in die Wirklichkeit zurück. Ich musste wohl eingeschlafen sein. „Gott sei Dank, Sie leben und sind keine Puppe", stieß ich irritiert hervor und der Polizeibeamte warf mir einen misstrauischen Blick zu. Ich bedankte mich bei ihm für die Auskunft und fuhr los. Als ich endlich wieder auf der Autobahn fuhr, stellte ich erleichtert fest, dass dutzende Fahrzeuge unterwegs waren. Ich fühlte mich noch immer wie gerädert und wollte an einem Rastplatz anhalten, um etwas zu essen und vielleicht einen Kaffee zu trinken. Schon nach wenigen Kilometern entdeckte ein kleines Restaurant, welches auch nicht so teuer war. Als ich mich gestärkt hatte, lief ich zu meinem Auto zurück und orientierte mich an den Schildern, wie ich weiterfahren musste. Ich entdeckte meinen Zielort, doch was war das? Ganz unten auf der Ortsliste las ich: Marienbach, 2 Kilometer! Und an einem danebenstehenden Verkehrsschild lehnte eine merkwürdig bekleidete Puppe und grinste mich an.

Gruseliges Geheimnis

Für ein paar Tage hatte ich mich bei Mrs. Tucson eingemietet. Sie besaß ein wunderschönes altes Schloss in Blackbird und vermietete seit einiger Zeit ein Gästezimmer. Manche sagten, sie brauchte das Geld, doch in Wahrheit wollte sie lediglich nicht so allein sein. Denn seitdem ihr Mann, Lord Tucson von Blackbird nicht mehr lebte, fühlte sie sich in dem großen Haus nicht mehr so ganz sicher. Und das hing wohl irgendwie mit dem seltsamen Bild zusammen, welches in der nobel eingerichteten Galerie hing. Es zeigte ein junges Mädchen, welches vor Schloss Blackbird stand und weinte. Mrs. Tucson meinte, die junge Schönheit mehrmals bei Nacht im Schlossgarten gesehen zu haben. Sie wäre über die Wiesen geschwebt und hätte traurige Lieder gesungen. Ansonsten hüllte sich Mrs. Tucson in tiefes Schweigen. Natürlich wurde sie von ihren Bridge-Freundinnen verlacht und irgendwann fasste sie schließlich den Entschluss, Untermieter im Schloss aufzunehmen. Denn der Spuk war ihr nicht geheuer. Ich schien in diesen Herbsttagen der einzige Gast zu sein. Mrs. Tucson meinte, dass angeblich viele Stammgäste wegen der Spukgeschichten nicht mehr kommen wollten. Mich hingegen störte das nicht. Ich fand die Geschichten spannend, und vielleicht würde ich ja auch in den Genuss kommen, die schöne Lady auf dem Bild im Schlossgarten sehen zu dürfen. Ich brauchte nicht sehr lange auf die Erfüllung meines Wunsches zu warten. In einer stürmischen Regennacht konnte ich mal wieder schlecht schlafen. Der Sturm spielte mit den Fensterläden, was mir mächtig auf die Nerven ging. Es war kurz nach Mitternacht, als ich aufstand, um mir die Fensterläden etwas genauer anzuschauen. Vielleicht konnte ich ja etwas tun, damit sie nicht mehr so laut klapperten. Als ich am Fenster stand, bemerkte ich, dass jemand durch den Schlossgarten lief. Doch es war zu dunkel, um Genaueres zu erkennen. Ich dachte sofort an Mrs. Tucsons Spukgeschichte und hoffte, dass junge unbekannte Mädchen dort zu sehen. Aber von meinem Zimmer aus war mir das nicht möglich. Ich zog mir etwas über und lief durch die schier endlosen Gänge des Schlosses, bis ich endlich im Garten stand. Der Sturm war derart heftig, dass ich mich gegen ihn stemmen musste, um überhaupt vorwärts zu kommen. Außerdem peitschte mir der starke Wind das Regenwasser entgegen, sodass ich schon nach kurzer Zeit total durchnässt war. Trotzdem ließ ich mich nicht aufhalten. Allerdings entdeckte ich im Schlossgarten niemanden mehr. Hinter dem Garten erstreckte sich ein kleines Waldstück. Das dichte Blattwerk der alten Bäume schützte mich vor weiteren Attacken des Unwetters. Sie rauschten gespenstisch hin und her und ich wusste nicht so genau, ob ich weiter gehen sollte oder lieber nicht. Hinter einer dicken Eiche flackerte ein Licht. Langsam näherte ich mich und blieb vor der Eiche stehen. Sollte ich wirklich nachschauen, was sich da verbarg? Meine Neugierde siegte schließlich und ich schaute hinter den Stamm. Da war es, dieses junge Mädchen, welches soeben noch durch den Schlossgarten lief. Es saß an einem Lagerfeuer und hatte ein Kind auf dem Arm. Und es stimmte, das geheimnisvolle Mädchen war bildschön und war der jungen Frau auf dem Gemälde wie aus dem Gesicht geschnitten. Ich konnte Mrs. Tucson verstehen, dass sie an einen Spuk glaubte. Doch handelte es sich wirklich um Zauberei? So richtig glaubte ich nicht daran. Nur, warum kam dieses Mädchen immer nur nachts? Und warum sah sie dem Mädchen auf dem Gemälde so ähnlich? Plötzlich trat ich auf einen Ast. Laut knackend zerbarst dieser unter meinen Füßen. Das junge Mädchen erschrak. Nun musste ich mich zeigen. Ich lief um den Stamm herum und blieb wortlos vor ihr stehen. Sie starrte mich an und sprach ebenfalls kein einziges Wort. Ich fasste mich als erster und meinte: „Was tun Sie hier, mitten im Wald? Sie können doch ins Schloss kommen, hier ist es doch viel zu kalt." Aber die junge Schönheit schwieg und hatte Tränen in den Augen. Das Kind in ihrem Arm schlief tief und fest und ich wollte es mit meiner Fragerei auch nicht aufwecken. Dennoch sagte ich leise: „Sie können ruhig mit mir kommen. Ich habe ein Zimmer im Schloss. Da können Sie etwas essen und Ihr Kind ins Bett legen." Das Mädchen, welches eben noch beharrlich geschwiegen hatte, begann nun doch zu sprechen. Schluchzend sagte sie: „Ich kann nicht mitkommen. Mrs. Tucson mag mich nicht. Sie glaubt, ich sei ein Geist. Aber ich bin gekommen, damit sie sich um das Kind kümmert. Doch auch das Kind will sie nicht sehen." Ich war erleichtert, dass sie wenigstens mit mir sprach. Aber ich wollte von ihr auch wissen, was Mrs. Tucson gegen sie hatte. Und was hatte das alles mit dem Kind zu tun? Welches Geheimnis verbarg sich hinter der jungen Schönen? Noch einmal fragte ich sie, ob sie mit ins Schloss käme und warum Mrs. Tucson etwas gegen sie und gegen das Kind hatte. Doch sie stand plötzlich auf und verschwand wortlos mit ihrem Kind. Das Feuer, welches eben noch hell aufloderte, verlosch zischend und knackend. Ich verstand das alles nicht. Was ging hier nur vor? Nachdenklich lief ich ins Schloss zurück. Auf leisen Sohlen wollte ich in mein Zimmer gehen, doch plötzlich stand Mrs. Tucson vor mir. Sie hatte einen Kerzenleuchter in der Hand und das Licht der brennenden Kerzen gab ihrem Gesicht ein furchterregendes Aussehen. „Was tun Sie hier mitten in der Nacht", fauchte sie mich an. Ich war derart überrascht über ihr plötzliches Erscheinen, dass mir so schnell gar nichts einfiel. Ich stotterte herum, sprach von einem Spaziergang durch den Schlossgarten, obwohl mir meine Antwort mehr als dämlich vorkam. Mrs. Tucson meinte ungerührt, dass man bei diesem Wetter besser nicht aus dem Hause gehen sollte. Man holte sich schneller den Tod, als man es zu denken wagte. Bei diesen Worten fegte der Wind die Fenster der Galerie auf und das Gemälde des jungen Mädchens fiel laut scheppernd von der Wand. Ich erschrak fürchterlich, lief in die Galerie und starrte auf das Bild, welches mitten im Zimmer lag! Panisch schloss ich die Fenster, hob das Bild auf und hängte es wieder zurück an die Wand. Als ich zu Mrs. Tucson zurück wollte, war die nicht mehr da. Kopfschüttelnd lief ich über den endlos langen Gang bis zu meinem Zimmer. Von innen verschloss ich eilig meine Tür, wollte mir jedoch nicht eingestehen, dass ich mich gruselte. Am nächsten Morgen klopfte es schon sehr früh an meine Zimmertür. Ich glaubte zunächst, Mrs. Tucson wollte mich zum Frühstück holen. Doch so war es nicht. Zwar stand Mrs. Tucson vor der Tür, aber nicht, um mir die Frühstückseinladung zu überbringen. Vielmehr wirkte sie aufgeregt und nervös. Sie faselte, dass in der Nacht irgendjemand ein Kind vor den Personaleingang gelegt habe. Glücklicherweise war ich schon angezogen und ging sofort mit ihr mit. In der Schlossküche stand eine Wiege. Darin schlief ein entzückendes Wesen, ein kleines Kind. Es war ein Junge. Und es schien mir das gleiche Kind zu sein, wie es in der vorangegangenen Nacht dies junge Mädchen in seinen Armen gehalten hatte. Mrs. Tucson machte einen überforderten Eindruck. Sie wusste sich überhaupt nicht zu helfen und man spürte deutlich, dass sie wohl nie Kinder hatte. Die Köchin jedoch war sofort hin- und hergerissen von dem kleinen Würmchen. Rührend kümmerte sie sich um den kleinen Jungen. Mrs. Tucson schien sichtlich erleichtert, dass ihr die Köchin die Arbeit mit dem Kleinen abnahm. Ich hatte den Eindruck, dass sie wohl nur zu wenigen Gefühlen Kindern gegenüber fähig war. Jedenfalls schien ihr dieses Kind sogar lästig zu sein. Nur, warum? Als ich in die Galerie ging, um nach dem Gemälde zu schauen, war es verschwunden. Sofort rief ich Mrs. Tucson. Die schien gar nicht traurig über den Verlust. Sie stotterte nur herum und so langsam kam mir der Verdacht, sie selbst habe das Bild abgenommen. Ich konnte mir all diese merkwürdigen Vorgänge im Schloss einfach nicht mehr erklären. In der folgenden Nacht schien das Ganze zu eskalieren. Diesmal sah ich zwar niemanden im Schlossgarten, dafür hörte ich verdächtige Geräusche, die aus dem Keller zu kommen schienen. Ich nahm meine kleine Taschenlampe, die ich bei Reisen stets bei mir trug und lief die breite Treppe hinunter, bis ich vor einer schmalen Holztür stand. Das musste die Kellertür sein. Das merkwürdige Geräusch kam eindeutig aus dieser Richtung. Ich öffnete die Tür und stieg die schmale Steintreppe hinab. Sie war feucht und es roch modrig und faul. Als ich unten angekommen war, sah ich in einer Ecke des dunklen Gelasses wieder dieses merkwürdige Licht. Und da war sie wieder, die geheimnisvolle junge Schönheit, welche ich schon in der vergangenen Nacht im Schlossgarten sah. Sie saß an einem Feuer und weinte bitterlich. Diesmal hatte sie das Kind nicht dabei. Und in diesem

Moment wurde mir klar, dass das Kind, welches Mrs. Tucson gefunden hatte, das Kind des Mädchens sein musste. Als ich mich zu erkennen gab, erlosch das Feuer. Mehrmals rief ich nach dem Mädchen, doch es antwortete keiner. Mit der Taschenlampe leuchtete ich sämtlich Winkel des Gelasses aus, doch nirgends entdeckte ich das Mädchen. Dafür fand etwas anderes. An der Stelle, wo das Feuer loderte, hatte jemand den Fußboden aufgehakt. Das kam mir komisch vor und ich grub mit meinen Händen in der Erde. Hatte hier jemand etwas vergraben? Wollte man hier irgendetwas verstecken? Plötzlich stieß ich auf etwas Weiches! Ich kehrte die Erde beiseite und erschrak! Vor mir lag eine menschliche Hand! Mit meinem Handy rief ich die Polizei. Es stellte sich heraus, dass in dem Erdloch der tote Mr. Tucson von Blackbird lag. Mrs. Tucson gestand, ihn umgebracht zu haben. Sie hatte ihn unter einem Vorwand in den Keller gelockt und an Ort und Stelle erstochen. Der Grund dafür war, dass der ehrenwerte Lord ein Verhältnis mit einem Zimmermädchen hatte. Aus dieser Liaison entstand ein Kind. Mrs. Tucson, sie selbst keine Kinder bekommen konnte, jagte das Zimmermädchen samt Kind aus dem Schloss und rächte sich an ihrem Mann auf diese furchtbare Weise. Mrs. Tucson wurde verhaftet und ich saß noch lange mit der Köchin in der Galerie. Bis in die Nacht sprachen wir über die unfassbaren Vorkommnisse. Dabei fiel mein Blick auf eine Vitrine. Hinter dem Möbelstück schaute irgendetwas hervor. Ich sah nach, was es war. Erstaunt zog ich das verschollen geglaubte Gemälde des jungen Mädchens hervor. Die Köchin, die das sah, sagte nur traurig: „Ach, da ist ja das Bild wieder. Das war unser Zimmermädchen, welches von Lord Tucson ein Kind bekam. Da sie draußen im Wald hinter dem Schlossgarten lebte und nicht mehr ins Schloss zurückkommen wollte, starb sie schließlich vor einem Jahr an einer schweren Lungenentzündung."

Poltergeist

Vor drei Jahren suchte ich eine neue Wohnung. Ich fand sie in einem alten Hause am Rande der Stadt. Nach kurzem Überlegen zog ich dort ein und freute mich bereits darauf, meine neuen Nachbarn kennen zu lernen. Besonders die ältere Dame, welche über mir lebte, fand ich sehr nett. Wir verstanden uns sofort und trafen uns immer, wenn es möglich war. Dennoch hatte ich immer das seltsame Gefühl, dass irgendetwas mit dieser Dame nicht stimmte. Manchmal schien sie mir kühl und unnahbar. Auch ihre Wohnungseinrichtung erschien mir recht spärlich. Außer zwei Schränken, einem Bett und einer winzigen Küche besaß sie nichts. Nicht einmal einen Fernseher hatte sie. Ich fragte sie, warum sie so wenig in ihre Wohnung stellte. Doch sie reagierte mit Schweigen und ich fragte auch nicht weiter. Die Tage vergingen und immer seltener trafen wir uns. Dafür wurde es in den Nachtstunden immer häufiger sehr laut. Wenn ich dann nach oben ging, um nachzufragen, öffnete mir keiner. Ich konnte das nicht verstehen, fragte sie am Tag darauf, was passiert sei, ob sie vielleicht meine Hilfe brauchte. Doch sie schwieg und zog sich schnell wieder in ihre Wohnung zurück. Eines Nachts wollte ich es deswegen genau wissen. Ich blieb bis Mitternacht wach, wurde dann allerdings so müde, dass ich einschlief. Gegen Zwei Uhr wurde ich von einem dumpfen Gepolter über meiner Wohnung geweckt. Eigentlich war mir nicht so recht wohl bei dem Gedanken, nach oben zu gehen. Doch ich wollte zuerst hören, was dort vor sich ging. Vorsichtig schlich ich mich durch das dunkle Treppenhaus nach oben bis vor ihre Wohnungstür. Dort war das Gerumpel sehr deutlich zu hören. Ich versuchte, Stimmen oder vielleicht sogar ein Gespräch aufzuschnappen. Doch außer dem Gerumpel konnte ich nichts hören. Ich wusste nicht so recht, was ich nun tun sollte. Da ich mir wirklich nicht sicher war, wartete ich eine ganze Weile ab. Plötzlich verstummte das Poltern und jemand klapperte an der Tür. Schnell lief ich die Treppe nach unten und lauerte auf die vermeintliche Person, die eventuell gerade die Wohnung verließ. Ich sah, wie sich die Tür einen winzigen Spalt öffnete. Schließlich fiel sie klackend wieder zu und Schritte näherten sich. In Windeseile lief ich in meine Wohnung und beobachtete das Treppenhaus durch meinen Spion. Die Person hatte das Hauslicht eingeschaltet, doch ich konnte sie nicht sehen, zumindest glaubte ich das. Denn die Schritte hörte ich ganz deutlich. Sie kamen an meiner Wohnungstür vorbei und entfernten sich schnell in Richtung Ausgang. Ich konnte mir keinen Reim auf dieses merkwürdige Treiben machen. Entweder war ich schon so müde, dass ich Gespenster hörte oder dieser Jemand war so schnell an meiner Tür vorbeigerannt, dass ich ihn nicht sehen konnte. Als das Hauslicht verloschen war und Ruhe im Hause eintrat, ging ich erneut zur Wohnung der alten

Dame. Doch diesmal war es totenstill. Keine Geräusche, kein Gepolter, nichts. Nachdenklich lehnte ich mich gegen die Wand und wartete noch einmal. Aber es tat sich nichts mehr. Die Neugierde brachte mich fast um und ich klingelte. Ich wollte fragen, ob sie vielleicht Hilfe brauchte. Doch es war so wie in den vorangegangenen Nächten, es öffnete niemand. Noch einmal versuchte ich mein Glück, ohne Erfolg. Ich ging zurück in meine Wohnung und horchte von dort noch eine Weile. Aber auch da konnte ich nichts mehr hören, es blieb ruhig. Am nächsten Morgen nahm ich mir vor, so lange zu warten, bis die alte Dame die Treppen hinunterstieg. Ich wollte sie abfangen und sie nach dem Gepolter in den vorangegangenen Nächten befragen. Aber sie kam nicht. Noch ein letztes Mal wollte ich nach oben gehen, um zu klingeln. Als ich vor ihrer Wohnungstür stand, wunderte ich mich sehr. Die Tür war angelehnt, und von drinnen hörte ich ein leises Klappern. Ich rief ihren Namen, doch es antwortete keiner. Ob ihr vielleicht doch etwas zugestoßen war? Besorgt betrat ich die Wohnung. Doch was war das, in der Wohnung stand nichts mehr. Die wenigen Möbel, selbst die kleine Küche, alles war verschwunden. Das Klappern drang aus einem Fenster, dass der Wind wohl aufgestoßen haben musste. Er bewegte die Fensterflügel hin und her. In der gesamten Wohnung sah es so aus, als lebte hier schon seit langer Zeit keiner mehr. Überall in den Räumen lagen Papierreste herum und die Tapete hatte sich von den Wänden gelöst. Ich wusste nicht, wie ich das deuten sollte. Sollte die alte Dame allen Ernstes in der letzten Nacht umgezogen sein? Aber hätte ich in diesem Falle nicht irgendetwas bemerkt? Irritiert ging ich in meine Wohnung zurück. Ich musste dringend zur Hausverwaltung, um nachzufragen, was mit der alten Dame geschehen war. Bei der Hausverwaltung zeigte man sich sehr überrascht. Der Verwalter meinte dann: „Sie können diese Dame gar nicht gesehen haben. Sie verstarb vor drei Jahren und die Wohnung steht seitdem leer." Mir war nicht wohl, als ich verwirrt nach Hause zurückkehrte. Sollte ich mich wirklich so getäuscht haben? Aber ich hatte mich doch mit der alten Dame unterhalten. Ich wusste es ganz genau! Noch einmal ging ich in die Wohnung der alten Dame. Auf dem Fußboden entdeckte ich ein Buch. Ich hob es auf und las: „Der Poltergeist". Als ich das Buch aufschlug, entdeckte ich eine Zeichnung. Offenbar hatte sich der Autor so einen Poltergeist vorgestellt, dennoch erschrak ich. Das Bildnis des Poltergeistes glich ziemlich genau der alten Dame, die einst hier gewohnt hatte.

Die schwarze Pendeluhr

Zunächst hatte ich es nicht bemerkt, doch dann sah ich es genau. An der Wand hing eine andere Uhr! Es war eine uralte schwarze Pendeluhr! Noch nie hatte ich sie in Tante Salmas Wohnung bemerkt. An dieser Stelle hing sonst eine moderne Funkuhr. Hatte sie die Uhr vielleicht ausgewechselt? Dass Tante Salma innerhalb der folgenden Stunden starb, ahnte ich nicht einmal. Sie bekam einen Schlaganfall und fiel einfach um. Ich hatte ihr etwas aus dem Supermarkt mitgebracht, weil es ihr schon seit Tagen sehr schlecht ging. Als ich zurückkehrte, fand ich sie am Boden liegend vor. Sofort rief ich den Notarzt, aber es war bereits zu spät. Und das Merkwürdigste an der Sache war, dass die Pendeluhr nach ihrem Tode nicht mehr an der Wand hing. Nur die moderne Funkuhr zeigte die exakte Zeit an. Ich konnte mir das nicht erklären. Hatte die Uhr jemand umgetauscht? Aber wer sollte das gewesen sein? Außer mir war doch keiner mehr da. Und die Männer des Bestattungsunternehmens hatten wohl wenig Interesse an dieser Uhr. Nachdem Tante Salma beerdigt war, vergaß ich den Verfall mit der Uhr und fuhr zu Bill, einem Freund, nach Bristol. Seine Frau machte ein trübes Gesicht. Als ich sie nach ihrer Traurigkeit fragte, winkte sie nur ab und fing an zu weinen. Bill ging es nicht gut. Seit langer Zeit litt er an seltsamen Atembeschwerden. Und dann passierte etwas Merkwürdiges. In Bills

Krankenzimmer entdeckte ich wieder diese seltsame schwarze Pendeluhr. Sie hing an der Wand und tickte sehr laut. Dieses laute Ticken jagte mir irgendwie Angst ein. Ich erinnerte mich an Tante Salma. Sollte auch Bill. Ich wagte nicht, weiter zu denken, schob meine Vermutungen weit von mir. Doch noch am Abend ging es Bill so schlecht, dass er schließlich starb. Gleichzeitig verschwand auch die schwarze Pendeluhr. Ich konnte es nicht fassen. Was ging hier nur vor? Eine grausige Ahnung kroch in mir hoch. Irgendetwas musste diese Pendeluhr mit dem Tod zu tun haben. Ich wusste es genau. Irgendwann schob ich das Erlebte beiseite, glaubte, dass Bill möglicherweise schon so schwer erkrankt war, dass er sterben musste. Dennoch ging mir diese seltsame Uhr nicht mehr aus dem Sinn. Obwohl ich mich zwang, nicht mehr an sie zu denken, plagten mich seit diesen furchtbaren Erlebnissen schaurige Träume. Immer wieder sah ich Tante Salma und Bill. Und immer wieder sah ich diese schwarze Pendeluhr. Ich hörte sie laut ticken und erwachte dann schweißgebadet aus meinen Alpträumen. Bill sollte in einem alten Friedhof auf dem Lande beerdigt werden. Auch ich war zur Trauerfeier eingeladen. Es war eine lange Fahrt, bis wir endlich am Friedhof ankamen. Warum Bill ausgerechnet hier beerdigt werden wollte, wusste selbst seine Frau nicht. Vermutlich fand er die Gegend so malerisch und ruhig. In der Friedhofskapelle sah es trostlos aus. Nur drei Trauergäste waren erschienen. Sie saßen schweigend und in schwarze Gewänder gekleidet auf ihren Holzstühlen und zeigten keinerlei Regung. Ein merkwürdiger Geruch zog durch die kleine Halle. Es war der kalte Hauch des Todes, der hier herrschte, ich spürte es genau. Der Pfarrer kam und sprach einige Worte. Doch sein Gesicht flößte mir Furcht ein ... es war fahl und knochig. Nicht ein einziges Mal lächelte er. Seine ganze Erscheinung strahlte Kälte und Unnahbarkeit aus. Aus der Ferne vernahm ich eine Stimme, sie sang immerzu ein seltsames Lied. Ich konnte mir das alles nicht erklären. Plötzlich riss der Wind das Fenster der Kapelle auf und ich konnte nun deutlich hören, was die Stimme sang: „Die Stunde schlägt jedem, auch Dir. Geh schnell fort, sonst kommt sie auch zu Dir." Ich kann gar nicht mehr sagen, wie schlecht es mir in diesem Moment wurde. Der merkwürdige Pfarrer starrte zu mir und an der Wand sah ich etwas, dass mir einen derartigen Schreck einjagte, dass ich aufstand und davonrannte, die alte schwarze Pendeluhr. Als ich den Friedhof hinter mir gelassen hatte, blieb ich stehen. So einfach wollte ich mich nicht verjagen lassen. Schließlich war ich noch am Leben und fühlte mich auch wieder recht gut. Mutig lief ich zurück und betrat die Kapelle. Noch immer hing die Pendeluhr an der Wand. Ich zögerte, doch dann schritt ich entschlossen auf die Uhr zu und griff nach ihr. Mit einem kräftigen Ruck riss ich sie von der Wand. Dann nahm ich sie unter den Arm und rannte davon. Der Pfarrer, der das verfolge, rief mir nach, ich sollte mich nicht versündigen. Doch das war mir egal. Ich konnte nicht mehr länger mit ansehen, wie diese Uhr unschuldige Menschen umbrachte. Ich rannte bis zu einem Fluss. Ohne lange zu überlegen, warf ich die Uhr mit Schwung dort hinein. Schnell versank sie und ich fühlte mich irgendwie befreit. Endlich hatte ich dieses todbringende Etwas vernichtet. Ich lief zum Friedhof zurück, wollte wieder in die Kapelle gehen, um weiterhin an der Trauerfeier teilzunehmen. Doch es war ganz merkwürdig, aber als ich am Friedhof ankam, fiel mir sofort die eingestürzte Friedhofsmauer auf. Wie konnte das möglich sein? Sollte in der Zwischenzeit ein Unglück geschehen sein? Auch der Friedhof selbst machte einen bedrückenden Eindruck. Die Grabsteine waren umgestürzt und die Wege waren mit Unkraut und Gras zugewachsen. Als ich an der Kapelle stand glaubte ich, eine Halluzination zu haben! Das Dach des Gebäudes war eingestürzt und in der Kapelle sah es aus, als hätte dort ein Tornado gehaust! Und von den Trauergästen fehlte jede Spur. Ich konnte es nicht fassen. Wo war der Pfarrer, wo all die Leute? Nachdenklich verließ ich das Gelände wieder. Sollte ich zur Polizei gehen? Auf dem Weg vorm Friedhof traf ich eine alte Frau. Ich erzählte ihr von meinen Erlebnissen. Die Alte schaute mich mit ernster Miene an und sagte, dass der Friedhof seit hundert Jahren schon nicht mehr genutzt würde. Die Gräber seien verwüstet, weil die Angehörigen schon lange nicht mehr kämen. Vermutlich seien sie selbst längst gestorben. Man erzählte sich, so sprach die alte Frau, der Friedhof sei von einem Fluch verwüstet worden. Und dieser Fluch wurde von einem alten Pfarrer ausgesprochen. Er besaß eine alte Uhr, die immer dann schlug, wenn jemand starb. Als ich der Alten von Bill und seiner Frau berichtete, nickte sie mit dem Kopf und sagte dann leise: „Ja, die beiden kenne ich noch. Sie waren damals oft hier. Sie haben dem Pfarrer auch diese Uhr gebracht. Als sie an jenem denkwürdigen Tage wieder von hier abfuhren, starben sie bei einem schweren Autounfall. Die Uhr bewahrte der Pfarrer lange in der Kapelle auf. Es war eine alte schwarze Pendeluhr."

Die schwarze Lady

Lady Macbeth war eine bekannte Magierin. Ihre Shows zogen dutzende Interessenten an. Sie lebte allein in einem großen Schloss und nur selten ließ sie Gäste dort hinein. Deswegen war man schockiert, als sie verschwand. Nirgends konnte man sie finden. Auch die Polizei war überfordert. Man munkelte bereits, sie habe sich selbst weggezaubert. Eines Tages jedoch fanden Spaziergänger eine Leiche am See hinter dem Schloss. Es war ihr 76. Geburtstag und ein grünes Handtuch trieb im eiskalten Wasser des Sees. Schnell fand man heraus, dass es sich bei der Toten um Lady Macbeth handelte. Sie wurde erwürgt, doch den Täter fand man nicht. Die Jahre vergingen und das steinerne Grabmal im Schlossgarten wurde langsam von den umstehenden Pflanzen und Sträuchern in Besitz genommen. Niemand kümmerte sich darum, und Lady Macbeth hatte auch keinerlei Nachkommen. Das Schloss verfiel und verwandelte sich schließlich in eine gruselige Ruine. Und auch jetzt, wo Lady Macbeth nicht mehr am Leben war, kam niemand, um an ihrem Grab Blumen zu hinterlegen. Auch in das alte Schloss traute sich keiner. Ein windiger Geschäftsmann schließlich kaufte das Gelände und verwandelte die gesamte Schlossanlage in ein vornehmes Schlosshotel. Das steinerne Grabmal ließ er stehen, kümmerte sich auffallend besorgt um die Grabstelle. Und beinahe schien es, als würde die Seele von Lady Macbeth durch die neu gestalteten Räume geistern und sich an dem frischen Wind, der nun in den Gebäuden herrschte, erfreuen. Doch so sollte es nicht bleiben. Wie ein grausamer Fluch kam das Grauen über den Ort. Eines Tages fand man eine Leiche im Weinkeller. Der Mann wurde erwürgt. Und Erinnerungen wurden wach, Erinnerungen an Lady Macbeths furchtbaren Tod. Sollte der Mörder etwa an den Ort seiner grausamen Tat zurückgekehrt sein? Die Polizei tappte im Dunkeln. Sie konnte den Täter nicht finden. Zwei Wochen verstrichen – da fand man eine Tote im Swimmingpool. Auch diese Dame wurde erwürgt, vermutlich mit einem Handtuch. Und wieder gab es vom Täter keine Spur. Sollte nun das Ende des Schlosshotels gekommen sein? Eines Tages erschien eine rätselhafte Lady in der Hotelhalle. Sie trug ein langes schwarzes Kleid und ihr Gesicht wurde von einem schwarzen Schleier verhüllt. Als sie an der Rezeption stand schaute sie sich lange um. Dann nahm sie ihre Zimmerschlüssel in Empfang und verschwand wortlos. Sie hatte keinerlei Gepäck dabei, nur eine schwarze Handtasche. Die Hotelgäste, die jene Unbekannte gesehen hatten, verspürten eine seltsame Kühle, die in der Luft lag. Und es war ganz merkwürdig, aber sie fuhr mit einem Fahrtsuhl nach oben, der eigentlich stillgelegt war. Die Lady hatte Zimmer Nummer 77. Sie wollte unter keinen Umständen gestört werden. Und als sie am nächsten Morgen nicht zum

Frühstück erschien, kümmerte sich auch keiner um sie. Doch als sie auch am Mittag nicht im Restaurant erschien, veranlasste der Hoteldirektor, im Zimmer nachzuschauen, ob alles in Ordnung sei. Mehrmals klopfte der Page an die Tür, doch es öffnete niemand. Schlief die Lady vielleicht noch? Auf dem Fußboden entdeckte er ein grünes blutverschmiertes Handtuch. Es lag auf dem Gang und der Page hatte einen furchtbaren Verdacht. Vorsichtig schloss er die Tür auf und trat ein. Zunächst konnte er nichts Verdächtiges sehen, doch dann sah er, dass einer der Ohrensessel zum geöffneten Fenster ausgerichtet war. Der Page lief zum Sessel und erschrak – im Sessel lag der leblose Körper der vermissten Lady. Umgehend rief er den Direktor. Als der erschien, geschah etwas Merkwürdiges, das grüne Handtuch schien sich zu bewegen. Es entwickelte ein regelrechtes Eigenleben. Zunächst glaubten alle, der Wind, der durch das geöffnete Fenster drang, sei schuld daran. Doch plötzlich erhob sich das Handtuch wie von selbst in die Luft, flog ins Zimmer hinein und wedelte um die tote Lady herum. Die Anwesenden fuhren erschrocken zur Seite, beobachteten schockiert den Spuk. Das Handtuch kreiste eine Weile über den Leuten, dann fuhr es hinunter, geradewegs auf den Hoteldirektor zu. Der fuhr entsetzt zur Seite, doch es war bereits zu spät. Das Handtuch wirbelte drohend um seinen Kopf und schlang sich schließlich in Windeseile um seine Hände. Der Direktor konnte gar nichts tun, denn alles geschah derart schnell, dass er nicht mehr reagieren konnte. Doch das Handtuch gab noch immer keine Ruhe! Wie eine Hand, die aus der Hölle kam, zog es den Direktor gnadenlos zu Boden. Dort blieb es haften und hielt den Direktor gefangen. Der lag hilflos und gefesselt am Boden und konnte sich nicht mehr rühren. Und nun sahen es auch die herbeigeeilten Hotelgäste! An seinen Händen klebte Blut, welches nicht von ihm zu stammen schien. Die schnell eintreffende Polizei befreite den Direktor aus seiner misslichen Lage und verhaftete ihn sofort. Es stellte sich heraus, dass er der gesuchte Mörder war. Das Blut an seinen Händen und am Handtuch glich eindeutig dem Blut der Toten. Er gab schließlich alles zu. Auch die anderen Hotelgäste hatte er aus Geldgier umgebracht. Später konnte auch die geheimnisvolle Tote identifiziert werden. Es war Lady Macbeth – und es war ihr 77. Geburtstag. Und das grüne Handtuch war das gleiche, mit welchem sie damals am See erwürgt wurde.

Motel des Grauens

Ich hatte gehört, dass man in Ellis Motel sehr gut übernachten konnte. Deswegen steuerte ich es bei meiner letzten Recherche-Fahrt quer durch Arizona genau dieses Motel an. Allerdings ahnte ich damals noch nicht, welche furchtbaren Erlebnisse mir bevorstanden. Seit einigen Kilometern klatschte der Regen gnadenlos gegen meine Fahrzeugscheiben. Ich wusste wirklich nicht, ob ich weiterfahren sollte. Aber ich hielt eisern durch. Als auch noch ein heftiges Gewitter aufzog, hielt ich doch an. Ich stand ganz allein auf dem kleinen Rastplatz. Da sah ich eine Person in Lederbekleidung, die aus einem angrenzenden Wäldchen sprang. Sie hatte es sehr eilig und warf irgendetwas in den Papierkorb. Als sie verschwunden war, hatte ich so ein komisches Gefühl. Ich konnte es mir einfach nicht erklären, aber ich verspürte plötzlich den Drang, aus dem Wagen zu steigen und nachzuschauen. Vorsichtig öffnete ich die Wagentür und schaute, ob jemand in der Nähe war. Blitze erhellten die Umgebung und tauchten das Gelände in ein gespenstisches Licht. Da ich niemanden sehen konnte, lief ich schnellen Schrittes bis zum Papierkorb. Zunächst konnte ich nichts Verdächtiges entdecken. Eine prall gefüllte Plastiktüte lag darin. Ich ritzte sie auf, um nachzuschauen, da fuhr ich entsetzt zurück. Aus dem Schlitz ragte eine blutige Hand und schien nach mir zu greifen. So schnell ich konnte rannte ich zu meinem Wagen und fuhr mit quietschenden Reifen auf den Highway zurück. Irgendwann gegen Mitternacht erreichte ich Ellis Motel. Ich schien der einzige Gast zu sein, denn der kleine Parkplatz hinterm Haus war leer. Auch im Inneren des Gebäudes traf ich niemanden. Nur Elli, die Inhaberin des Rasthauses stand an der Rezeption und begrüßte mich freundlich. Sie gab mir den Zimmerschlüssel und wünschte mir einen angenehmen Aufenthalt. Da der Akku meines Handys leer war, konnte ich erst dort die Polizei anrufen. Die kamen sehr schnell und gefragten mich zu meinem grausigen Fund. Sofort beorderten sie eine Streife zu dem Rastplatz. Nach einigen Minuten berichteten sie mir, dass es sich bei dem furchtbaren Fund um eine abgetrennte Hand einer weiblichen Leiche handelte. Die Tote sei noch nicht gefunden. Mir wurde schwindelig, denn der Mörder war also noch auf der Flucht. Möglicherweise hatte er mein Fahrzeug gesehen und verfolgte nun auch mich? Ich teilte den Beamten meine Beobachtungen, die ich auf dem Rastplatte machte, mit. Die versprachen, den Täter schnellstens zu suchen. Doch mir war nicht wohl bei dem Gedanken, hier draußen in der Einsamkeit, in einem winzigen Motel einem herumlaufenden Mörder ausgeliefert zu sein. Elli, die Inhaberin des Motels, versuchte, mich zu beruhigen. Sie meinte, dass man den Täter schon finden würde. Doch sie fragte mich auch, ob ich mir wirklich ganz sicher wäre, eine Person auf dem verlassenen Rastplatz gesehen zu haben. Ich versicherte ihr, dass es genau so war. Sie warf mir einen merkwürdigen Blick zu und zog sich zurück. Als ich später in meinem Zimmer war, hatte ich einen guten Blick zum Parkplatz hinterm Haus. Wegen des starken Regens konnte ich zwar kaum etwas erkennen. Doch plötzlich erschien eine Person auf dem Parkplatz. Wie ein Blitz fuhr es durch meinen Körper! Da unten stand die in Leder gekleidete Person, die ich auf dem Restplatz gesehen hatte! Sie starrte in Richtung meines Fensters. Sofort löschte ich das Licht und verbarg mich hinter der Wand neben dem Fenster. Der Fremde hatte mich also gefunden. Ich spürte, wie die Angst in mir hochkroch. Was sollte ich nur tun? Verwirrt schaute ich zu meinem Handy, doch das war noch immer nicht geladen. Immer wieder schaute ich hinunter auf den Parkplatz. Der Fremde stand nun vor meinem Wagen, doch plötzlich geschah etwas Merkwürdiges. Der Fremde schien sich zu verwandeln, er fiel auf die Knie und sein ganzer Körper schien zu vibrieren. Immer heftiger zuckte sein Leib und plötzlich wuchs er zu einem merkwürdigen Wesen heran, zu einem furchterregenden Monster! Es stand auf dem Parkplatz und hatte feuerrote Augen. Die stachen unter seinem schwarzen Fell hervor und stierten immerzu in meine Richtung. Ich konnte es nicht fassen und schaute zur Uhr, es war halb 1. Das Monster begann zu laut aufzuheulen und schritt auf den Hintereingang zu. Nun konnte es nicht mehr lange dauern, bis es zu mir käme. Ich nahm mein halb geladenes Handy vom Netz und steckte meine Brieftasche ein. Dann verließ ich schnellstens das Zimmer. Aber wohin sollte ich gehen? Am Ende des Ganges entdeckte ich eine Tür. Ich lief dorthin und klinkte mehrmals, die Tür ließ sich öffnen. Dahinter verbarg sich eine Abstellkammer. Durch einen kleinen Spalt in der Tür konnte ich den Gang gut beobachten. Es dauerte nicht lange, da erschien das Monster. Es stand vor meinem Zimmer und schaute sich gierig und mordlüstern um. Dann fletschte es seine spitzen scharfen Zahnreihen und stieß die Zimmertür auf. Ich war heilfroh, dass ich zeitig genug das Zimmer verlassen hatte. Nachdem das Monster im Zimmer verschwunden war, wollte ich schnellstens aus der Abstellkammer fliehen und zum Auto rennen. Doch ich kam nicht dazu. Ein lautes Gebrüll in meinem Zimmer, ließ mich noch abwarten. Als es wieder still wurde, glaubte ich, meinen Augen nicht zu trauen. Aus meinem Zimmer kam nicht das zähnefletschende Monster, aus dem Zimmer kam Elli, die Chefin des Motels. Vollkommen verblüfft stand ich hinter der Tür und wagte kaum zu atmen. Wie konnte so etwas möglich sein? Elli, die Chefin des Motels war in Wirklichkeit ein Monster? Fassungslos starrte ich auf den Gang. Elli war verschwunden. Ich wartete noch einen kleinen Moment ab, doch die Luft schien rein zu sein. Auf leisen Sohlen verließ ich mein Versteck und schlich in mein Zimmer zurück. Dort sah es aus, als sei eine Bombe eingeschlagen. Überall lagen zerbrochene Gegenstände, die Lampe war vom Tisch gefallen und zersprungen und meine Kleidung lag überall im Zimmer verstreut. Ich suchte alles, was mir gehörte zusammen und verstaute es in Windeseile in meiner Reisetasche. Dann verließ ich das Zimmer. Glücklicherweise befand sich niemand auf dem Gang. Elli musste wohl wieder an der Rezeption sein. Ich lief die hölzernen Stufen hinunter und wusste nicht, wie ich an der Rezeption vorbeikommen sollte. Da kehrten die Beamten zurück. Ich atmete tief ein und schritt mutig auf die Beamten zu. Doch plötzlich verwandelten sich auch die vor meinen Augen in blutrünstige Monster. Hinter der Rezeption stand Elli und fletschte ihre Zähne. Blut lief ihr aus dem Munde und ich zitterte vor Angst. Offenbar machten hier alle gemeinsame Sache. Und selbst die Polizeibeamten waren in Wahrheit blutrünstige Monster. Ich schaffte es, die Überraschung der Monster auszunutzen und rannte zwischen ihnen hindurch bis zu meinem Wagen. Ich sprang hinein und wollte starten. Doch der Motor schien defekt zu sein. Irgendetwas funktionierte nicht. Auch das heftige Gewitter, welches vorhin schon fortgezogen schien, war wohl zurückgekommen und die hellen Blitze zuckten um meinen Wagen herum. In der Tür des Motels erschienen die Monster und liefen auf meinen Wagen zu. Entsetzt und den Tod vor Augen startete ich den Motor wieder und wieder. Und plötzlich sprang er an. Als die Monster bereits in Griffweite zu stehen schienen, gab ich Gas und raste davon. Meine Hände hatten sich um das Lenkrad gekrampft und ich raste in die schwarze Gewitternacht hinein. Irgendwo an einem dunklen Wald hielt ich den Wagen an. Mich schien niemand zu verfolgen. Doch geheuer war mir die Sache nicht. Aus dem Wald glaubte ich, rote Lichtpunkte zu erkennen. Ich gab Gas und raste weiter die endlose Landstraße entlang. Stunden musste ich gefahren sein, als ich endlich einen kleinen Ort erreichte. Ich fuhr an einem Umleitungsschild vorbei und sah erleichtert mehrere Fahrzeuge, die durch die kleine Stadt fuhren. Mehrere Beamte standen an der Straße und sprachen mit Passanten. Ich hielt den Wagen an und stieg aus. Als ich einen der Beamten fragte, warum die Straße gesperrt sei, die ich eben noch entlangfuhr, schaute der mich besorgt an. Dann fragte er mich, ob es mir gut ginge und sagte dann: „Da haben Sie aber Glück. In der Nacht wurde die Straße von einem Meteoriten getroffen. Sie wurde total zerstört und musste gesperrt werden." Ich starrte den Beamten entgeistert an und erkundigte mich nach Ellis Motel. Doch der Beamte wusste nicht, was ich meinte, sagte nur: „Ein Motel gibt es dort nicht. Ellis Motel ist in einer ganz anderen Richtung, noch fünfzehn Meilen weiter nach Süden." Nun begriff ich gar nichts mehr. Ich war mir jedoch ganz sicher, den Namen des Motels an dem Gebäude, in welchem ich übernachtete, gelesen zu haben. Ich konnte es mir einfach nicht erklären. Aber ich wollte es genau wissen. Am nächsten Tag wollte ich noch einmal die gesperrte Straße entlangfahren, um nach dem Motel zu suchen. Gedacht, getan! Es gelang mir, die Polizeiabsperrungen zu umfahren und fuhr stundenlang auf der Straße entlang, auf welcher ich in der letzten Nacht vor den Monstern geflohen war. Irgendwann ging es aber dann doch nicht mehr weiter. Riesige Schilder versperrten mir den Weg. Außerdem klafften überall auf der Straße hinter den Schildern tiefe Krater. Ein Weiterfahren war vollkommen unmöglich. In der Ferne entdeckte ich ein Haus. Es ähnelte verblüffend Ellis Motel. Doch es war nur eine verfallene Ruine. Ich näherte mich der Ruine und erschrak! An einem verbrannten zerbrochenen Pfosten baumelte ein altes Holzschild – darauf stand beinahe schon unleserlich geschrieben: *Ellis Bar*. An einem weiteren zersplitterten Schild neben dem vermutlichen Eingang stand noch etwas: *Geschlossen ab 01.01.1866.* Und aus dem Wald hinter der Ruine glaubte ich, zwei feuerrote Lichtpunkte zu sehen.

Hotel des Grauens

An irgendetwas Schlimmes oder auch Böses erinnerte mich jenes sonderbare Hotel. Ich war in die Wälder Alabamas gefahren und wollte eigentlich Wandern. Allerdings sollte auch noch ein wenig Erholung dabei sein. Das Hotel hatte ich mir auch gar nicht herausgesucht, ich hatte es zufällig beim Herumfahren in dieser Gegend entdeckt. Doch das es derart einsam lag und so merkwürdig aussah, behagte mir irgendwie gar nicht. Bedrohlich erhob es sich zwischen den hohen Kiefern und sah aus wie ein graues Totenmonument. Dennoch wollte ich nicht weiterfahren – ich war hundemüde und wollte einfach nur ins Bett.

Schon im Foyer des nüchternen Gebäudes liefen bleiche Gestalten herum. Es waren Leute, die mich allesamt so merkwürdig anschauten. Ich konnte mir das Ganze nicht erklären, sie kannten mich doch gar nicht. Mir war einfach unheimlich zumute und ich hatte nur noch einen Wunsch, auf schnellstem Wege in mein Zimmer zu kommen. Der Concierge, ein junger hohlwangiger, aber überfreundlicher Mann schob mir mit großen Augen den Zimmerschlüssel über den Tresen. Ich unterschrieb auf dem Eincheckformular, welches vor mir lag und begab mich zum Fahrstuhl. Die alte reich verzierte Tür sah gespenstisch aus. Es waren Totenköpfe, die reliefartig die Tür übersäten. Wie konnte man nur so etwas als Zierde anbringen? Ich konnte das nicht verstehen, doch es wurde noch verrückter. Im Fahrstuhl ruckelte es, als sei ich auf einer Straße mit Millionen Schlaglöchern unterwegs. Und als ich schließlich im obersten Stockwerk anlangte, wo sich mein Zimmer befand, stand schon ein älterer Herr in schwarzer Livree an der Tür. Mit kühler monotoner Stimme fragte er mich, wie es mir ginge. Ich wusste nicht so recht, ob es mir angenehm oder irgendwie komisch zumute war. In jedem Fall aber war ich hundemüde. Ich erkundigte mich bei dem sonderbaren Herrn, ob ich immer alle Fahrstühle nutzen könnte, wenn ich ins Foyer wollte. Der überfreundliche Mann verzog keine Miene und sprach mit eisiger sonorer Stimme: „Natürlich mein Herr. Alle Fahrstühle fahren nach unten. Wollen Sie sich überzeugen – es geht in jedem Falle abwärts!" Ich lehnte ab und er grinste ganz merkwürdig und verschwand. Ich war heilfroh, doch noch mein Zimmer erreicht zu haben und stellte meine Reisetasche neben den hölzernen Einbauschrank. Erleichtert atmete ich tief ein und fand, dass die hier mal wieder gelüftet werden sollte. Es roch muffig alt. Ich lief zum Fenster, um es zu öffnen, schaute dabei zum Wald, der das Hotel umgab, und durch welchen ich auch gekommen war. Als ich hinunterschaute, erschrak ich fürchterlich. Vor dem Hotelportal standen drei schwarze Leichenwagen, und mehrere Männer in schwarzen Uniformen trugen weiße Särge aus dem Hotel. Als sie die Särge in den Bestattungsfahrzeugen verstaut hatten, schienen sie mich zu bemerken und starrten regungslos nach oben. Ihre Blicke waren derart durchdringend, dass mir nicht nur ein Kälteschauer über den Rücken lief. Und eine bange Frage nistete sich in meinem Kopfe ein: Wo war ich hier nur hingeraten? Vielleicht hätte ich doch besser wieder auschecken sollten, denn die Nacht, die mir bevorstand, war noch übler als ich es in irgendeinem Horrorfilm je gesehen hatte. Nachdem ich meine Tasche ausgepackt hatte und mir einen kleinen Imbiss aufs Zimmer bringen ließ, wollte ich mich hinlegen. Draußen war pechschwarze Nacht und seltsamerweise schien das gesamte Hotel im Dunkeln zu liegen. Keine blinkenden Werbetafeln, keine Laternen, nichts, das leuchtete umgab das sonderbare Hotel. Vermutlich war ich dann doch eingeschlafen, denn als ich wach wurde, war schon Mitternacht. Seltsame Geräusche krochen durch die Flure des altehrwürdigen Gemäuers. Es glich einem Röcheln, und schließlich waren da diese Schreie. Sie kamen von den Fahrstuhlschächten. Ich wusste nicht genau, ob ich nachschauen sollte oder nicht. Vielleich hätte ich es besser sein lassen sollen, denn kaum hatte ich mein Zimmer verlassen, um mich zu überzeugen, woher die Geräusche kommen mochten, flackerte das Licht auf der Etage und rote Lichter huschten wie Glühkäfer durch die Luft. Zusammen mit dem Röcheln bildeten sie eine unheilvolle Kulisse. An einer der Fahrstuhltüren stand wieder dieser ältere Herr in der schwarzen Livree. Er verbeugte sich ein wenig und sagte dann:

„Wollen Sie nicht mit mir nach unten fahren? Es gibt frisch Geschlachtetes." Ich spürte, wie mir mein Herz bis zum Halse schlug, und in diesem Augenblick bemerkte ich, dass sein weißes Hemd, welches unter der tiefschwarzen Livree hervorschaute, blutrote Flecken hatte. Panisch rannte ich in mein Zimmer zurück, und in diesem Moment hatte ich nur noch einen Gedanken: Raus hier! Nur wie sollte ich an dem merkwürdigen Herrn, der sich an den Fahrstuhltüren herumtrieb, unbemerkt vorbeikommen?

Ich beschloss abzuwarten, bis das Licht nicht mehr flackerte und ich selbst ein wenig zur Ruhe gekommen war. Nach zwei geschlagenen, endlos lang erscheinenden Stunden war es schließlich soweit. Längst hatte ich meine Reisetasche wieder gepackt und stand fertig angezogen hinter der Zimmertür. Angestrengt lauschte ich, ob ich nicht doch noch irgendjemanden hörte. Doch es blieb ruhig, totenruhig sozusagen. Vorsichtig öffnete sich die Tür, doch der Flur war leer. Der Alte schien nicht da zu sein. So schlich ich mich aus dem Zimmer und suchte nach dem Treppenhaus. Den Lift wollte ich nicht nehmen-wer wusste schon, ob er mich sicher nach unten gebracht hätte. Am Ende des Flures entdeckte ich eine Tür. Sie führte tatsächlich zum Treppenhaus und ich rannte, immer besonnen, dass ich nur ja keine Geräusche verursachte, die unzählig vielen Stufen nach unten. Ich vermied, mich im Foyer zu zeigen, lief stattdessen immer weiter bis zum Keller und fand sogar meinen Wagen, der dort unten in der angrenzenden Tiefgarage stand. Zu meinem großen Erstaunen war es das einzige Fahrzeug, das sich dort befand. Aber hatte ich nicht am Abend noch viele Leute im Foyer umherlaufen sehen? Ich verstand das alles nicht, doch da wurde ich auch schon entdeckt! Besser gesagt, ich wurde erschreckt, denn die roten Lichter, die den Augen des Teufels glichen, flogen wie Fledermäuse durch die Gewölbe der Garage. Hastig sprang ich in meinen Wagen und drückte aufs Gaspedal. Seltsamerweise funktionierte das Rolltor nicht. Da es nicht sehr stabil war, durchbrach mein Wagen mühelos diese Absperrung. Draußen wurde es noch verrückter! Der alte Mann in der schwarzen Livree stand an einem Leichenwagen und hob zusammen mit zwei anderen Männern einen schwarzen Sarg in das Auto. Als sie mich sahen, grinsten sie und nickten mir zu. Ich raste an ihnen vorüber und im Rückspiegel sah ich nur noch, dass die Fenster des Hotels allesamt grellrot erleuchtet waren! Plötzlich und wie aus dem Nichts tauchte eine blutverschmierte Gestalt vor meinem Wagen auf! Ihr grausam entstelltes Gesicht stierte Furcht erregend durch die Windschutzscheibe meines Wagens, und Sie wankte dabei, als sei sie längst nicht mehr unter den Lebenden. Ich schaffte es gerade noch rechtzeitig, einen weiten Bogen um die Gestalt zu fahren und raste schließlich durch den angrenzenden dichten Wald, bis ich nach zwei weiteren Stunden endlich eine etwas breitere Straße erreichte. Noch einmal fuhr ich eine knappe Stunde, und endlich, endlich sah ich ein beleuchtetes Schild, welches auf ein Motel hinwies. Ich fuhr dorthin und parkte mein Fahrzeug neben dem Gebäude. Die nette Dame an der recht gemütlich erscheinenden Rezeption erkundigte sich fürsorglich, ob ich eine gute Fahrt hatte und meinte, dass sie noch ein Zimmer für mich habe. Ich war erleichtert, nach all diesen Strapazen wieder unter normalen Menschen sein zu können. Im angrenzenden Gastraum wollte ich meine Gedanken ordnen und einen Kaffee trinken. Die freundliche Dame von der Rezeption jedoch setzte sich zu mir. Sie schien ziemlich neugierig zu sein, denn sie schaffte es tatsächlich, mich beinahe unmerklich auszufragen. Vermutlich kamen nicht viele Leute hierher, sodass sie stets hinter den neuesten Nachrichten aus der Gegend her war.

Als ich ihr von dem grausigen Hotel im Wald berichtete, wurde sie jedoch ganz plötzlich ziemlich schweigsam. Mit ernstem Gesicht sah sie mich an und schien mir wohl nicht recht glauben zu wollen. Ich konnte mir das zunächst nicht erklären, erfuhr aber wenig später den schier unfassbaren Grund. Vielleicht, weil ich ziemlich plastisch von meinem soeben Erlebten erzählte, meinte sie dann, dass sie schon einmal einen Gast hatte, der solch ein Erlebnis hatte. Nun war ich neugierig geworden und wollte mehr darüber erfahren. Doch die Dame zuckte nur mit den Schulten und starrte mir ungläubig ins Gesicht. Dann sprach sie mit düsterer Stimme die

Worte, die ich niemals mehr vergessen werde: „Wissen Sie, dieses Hotel, in welchem Sie waren, gibt es schon lange nicht mehr. Es ist sozusagen ein Geisterhotel und man sagt, dass sich fürchterliche Dinge dort abspielen sollen. Denn immer, wenn es sich im Wald zeigt, geschieht irgendwo in der Gegend ein schreckliches Verbrechen. Das Hotel selbst steht schon sein hundert Jahren nicht mehr. Es brannte ab, weil ein gestresster Hoteldiener vergaß, eine Kerze, die in einem gerade verlassenen Zimmer weiterbrannte, zu löschen. Sie war wohl umgekippt und entzündete beim Herunterfallen die Tischdeckchen, den Teppich und das gesamte Mobiliar. Bei dem fürchterlichen Feuer kamen alle zehn Hotelgäste und das gesamte Personal ums Leben. Man sagt, dass noch heute der alte Besitzer erscheint, um sich einen Menschen zu holen, als Tribut für die Toten in jener Nacht."

Teuflische Nachbarn

Ich erinnere mich noch genau an diese furchtbar dicke Frau mit dem bösen Blick. Eigentlich war sie die Nachbarin meiner Eltern, doch ich wusste, dass sie nicht nur das war. Denn immer, wenn sie allein vorm Hause stand und zu unseren Fenstern hinaufschaute, verwandelte sich ihr trüber Blick in zwei tiefe schwarze Höhlen, die alles, was hell und aus Licht bestand, in sich zu verschlingen drohten. Selbst ihr hagerer Ehemann, der dem Alkohol näherstand als sich selbst, schien mit dem Teufel im Bunde. Sein weißliches Gesicht und sein bitterböser Blick drohten alles um sich herum zu vernichten! Überhaupt ergänzten sich die beiden unheilvollen Wesen wie Pech und Schwefel bei ihren hasserfüllten Attacken gegen die übrige Nachbarschaft!

Eines Tages, die dicke Frau stand mal wieder allein auf dem Bürgersteig vor dem großen Haus, wartete wohl auf ihren Ehemann, der das Auto aufschließen sollte, drehte sie sich ganz langsam nach unseren Fenstern um. Meine Mutter und ich beobachteten all das hinter der sicheren Gardine, und wir waren froh, dass die Dicke und ihr Mann wohl endlich für ein paar Stunden verschwinden würden. Wieder bemerkten wir diese dunklen stechenden Blicke, die sich gierig in die Scheiben unserer Fenster bohrten und vermutlich schon vom nächsten nahenden Unheil kündeten. Ich schaute meine Mutter wortlos an und wir beide spürten genau, dass die Blicke der Dicken diesmal böser waren als alles, was sie bisher ausgestrahlt hatten. Als ihr Ehemann das Auto aufgeschlossen hatte, ließen sich die beiden schweigend und furchtbar schlecht gelaunt in die Autositze plumpsen. Noch einmal starrten sie wie ein böses Omen zu unseren Fenstern, und ich hatte den Eindruck, dass an diesem Tage noch etwas Entsetzliches geschehen würde. Das dunkle Auto der beiden Teufelsanbeter verschwand leise im Nebel und ich hatte gar kein gutes Gefühl. Meine Mutter aber beschwichtigte mich und zerschlug all meine Bedenken. Als aber lautstark ein schweres Gewitter aufzog, schwiegen wir uns vielsagend an. Wir hatten den Eindruck, dass dieses Gewitter heftiger war als alle vorangegangenen. Grellrote Blitze durchschnitten wie Dolche die Düsternis und die Donnerschläge glichen verblüffend dem Gezeter und den hasserfüllten Flüchen der dicken Frau und ihrem bösen Ehemann. Als ein heftiger Donnerschlag auf einen noch viel heftigeren feuerroten Blitz folgte, fielen bei uns die Lampen und die Telefone aus. Sofort schob ich alles auf die bösen Blicke und die Flüche der Dicken. Doch meine Mutter hatte seltsamerweise ein vollkommen anderes Gefühl! Ich konnte es mir einfach nicht erklären, doch die charismatische Sicherheit meiner Mutter erschien mir wie ein starkes Gebet vor dem Herrn.

Stunden später, längst war der Strom wieder da, wurde eine recht sonderbare Meldung im Radio bekannt gegeben: „Bei einem schweren Gewitter verunglückte ein Ehepaar mit seinem nagelneuen Wagen. Ein Blitz schlug wohl in die Elektronik des Autos ein und legte die Steuerung lahm. Weil der Wagen nicht mehr reagierte, blieb er mitten auf der Straße liegen. Ein riesiger Track, der nicht mehr bremsen konnte, fuhr mitten in den PKW hinein. Das Ehepaar hatte keine Chance." Als der zerstörte Wagen gezeigt wurde, fuhr mir eine Gänsehaut über den Rücken. Denn bei dem Wrack handelte es sich um den Wagen des bösen Nachbar-Ehepaares. Und es war wirklich wie verhext, aber kurz nach der Bestattung der beiden, glaubte ich eines Nachts eine schwarz gekleidete Gestalt in der Wohnungstür der Verunglückten gesehen zu haben. Sie hatte rote Augen und flüsterte immerfort die unheilvollen Worte, die ich wirklich gut verstand:

„Jetzt gehören die beiden toten Seelen für immer mir!"

Fahrrad ohne Fahrer

Mark war auf einer regennassen Landstraße hinter seiner Heimatstadt unterwegs, als plötzlich sein Wagen streikte. Das Auto war schon ziemlich alt und so wunderte sich Mark auch nicht, dass es so abrupt geschah. Er ließ den Wagen ausrollen und lenkte ihn in eine Waldschneise hinein. Gleich würde er wohl, wie jedes Mal, wenn das geschah, den Abschleppdienst anrufen, um den Wagen in die Werkstatt bringen zu lassen. Die Ruhe hier draußen jedoch war beeindruckend und wirklich sehr erholsam, und so wartete er mit dem Anruf noch ein kleines bisschen. Nur das leise Geräusch der herabrieselnden Regentropfen kräuselte sich durch die Stille. Vorsichtig stieg Mark aus dem Wagen und atmete tief durch. Die würzige Luft tat wirklich gut und der Regen wusch die Sorgen des Alltags einfach weg.

Trotz dieser Stille beschäftigte ihn ein recht folgenschweres Problem: Wie sollte es mit dem Wagen überhaupt weitergehen, wenn er doch andauernd kaputt war? Musste er sich am Ende ein neues Auto kaufen, soviel Geld hatte er doch gar nicht? Nachdenklich öffnete er die Motorhaube und schaute ungläubig auf die darunter liegenden Apparaturen. Allerdings verstand er gar nichts von Motoren und so klappte er die Haube kurzerhand wieder zu. Als er sich zurück in den Wagen gesetzt hatte, fiel ihm etwas Sonderbares auf. Auf dem Weg zwischen den Bäu-

men schien ein Fahrradfahrer unterwegs zu sein. Mark wunderte sich, denn wer radelte so langsam durch den Regen, immerhin waren die Waldwege seicht und voller Pfützen. Doch als das Fahrrad näherkam, blieb Mark beinahe das Herze stehen. Denn auf dem Fahrrad saß niemand. Es war überdies ein ziemlich verrosteter Rahmen, und es war schon ein großes Wunder, dass dieses Fahrrad überhaupt noch fahren konnte. Doch, wie konnte das überhaupt möglich sein, wenn gar keiner das Fahrrad lenkte und in die Pedale trat? Mehrmals wischte sich Mark die Augen, doch das Fahrrad ohne den Fahrer blieb es war real. Kurz vor dem Auto blieb es stehen und fiel auch nicht um. Und nun bemerkte Mark, dass das merkwürdige Rad einige Zentimeter über dem Boden schwebte. Erschrocken verriegelte er die Wagentüren und glaubte, einem bösen Zauber zu unterliegen, vielleicht aber war es auch ein Fluch? Nur, wo blieb dann die Person, die sich mit dem vermeintlichen Fluch verband? Es wurde jedoch noch mysteriöser, denn das alte rostige Fahrrad veränderte stetig seine Farbe. War es eben noch dunkelbraun, schien es nun gelblich und schließlich sogar feuerrot zu sein. Wie war so etwas nur möglich?
Plötzlich knackte es laut! Es musste aus dem Motorraum kommen, aber wie konnte das angehen, der Motor war doch ausgeschaltet? Mark hatte das eigenartige Gefühl, in einem seiner Albträume zu sein, aber alles war so real und wirklich, dass es wiederum kein Traum zu sein schien. Ein

Fahrrad, welches ohne einen Fahrer unterwegs war, hatte er wirklich noch nie zuvor gesehen. Endlich hörte das Knacken aus dem Motor wieder auf, und das Fahrrad drehte sich plötzlich abrupt um seine Achse und fuhr rasch davon. Schon bald war es zwischen den dichten Bäumen des Waldes verschwunden und Mark konnte es nicht mehr sehen. Als er den Wagen startete, staunte er nicht schlecht, denn der Motor sprang sofort an und es schien, als wenn er ruhiger und besser lief als vorhin. Wie konnte das nur sein, wenn es doch ein Motorschaden war, den er sogar schon kannte? Der Wagen schien tatsächlich in Ordnung zu sein und Mark konnte losfahren. Schnell fuhr er in die Stadt, wo er den Wagen sofort zu seiner Werkstatt brachte. Dort zeigte man sich erstaunt, denn der Motor war vollkommen in Ordnung. Der Werkstattleiter zeigte sich sogar verwundert, weil der Motor nagelneu war. Nur Mark, der konnte das nicht verstehen und fuhr schließlich nachdenklich nach Hause.

Sollte vielleicht dieses gespenstische Fahrrad ohne Fahrer, aber das war doch unmöglich! Mark wollte das einfach nicht wahrhaben und fuhr noch einmal zu der Stelle am Waldrand, wo er dieses sonderbare Fahrrad gesehen hatte. Doch diesmal wartete er vergebens. Weder ein Fahrrad ohne Fahrer war zu sehen noch eines mit Fahrer, nichts. Nur der Regen hatte aufgehört und die Sonne lachte vom Himmel, als sei gar nichts gewesen.

Deswegen stieg Mark aus und ging ein wenig spazieren. Wie er so durch den Wald lief, bemerkte er plötzlich ein rostiges Schild, welches an einem Baum angebracht war. Darauf war ein Name zu lesen und ein kleines Kreuz, welches man unter dem Namen eingraviert hatte. Kein Zweifel, irgendjemand musste hier wohl zu Tode gekommen sein. Er merkte sich den Namen und erkundigte sich wenig später in der Stadt nach dieser fremden Person. In einem kleinen Zeitungsladen, wo er seinen Lottoschein immer abgab, wusste man, um wen es sich handelte. Die alte Dame, die an der Kasse stand, zeigte sich sehr auskunftsfreudig und sprach mit düsterer Stimme: „Ach ja, der alte Jo! Ja, den kenn ich! Der ist vor zwanzig Jahren im Wald verunglückt, als er mit seinem Fahrrad unterwegs war. Bei einem Gewittersturm wurde er von einem Baumstamm erschlagen. Jede Hilfe kam zu spät. Er war KFZ-Mechaniker von Beruf und es heißt, dass er noch heute dort oben im Wald umherspukt, um liegen gebliebenen Autofahrern zu helfen."

Spuk im Gasthaus

Jack besaß ein kleines altes Gasthaus am Rande von Denver. Zunächst lief es wunderbar, doch dann gingen die Besucherzahlen dramatisch zurück. Immer weniger Gäste verirrten sich in sein Etablissement und Jack musste sich etwas einfallen lassen, um sein Gasthaus wieder attraktiver zu machen. Weil ihm regelrecht der Strick um den Hals lag, hatte er eines Tages eine perfide Idee. Er nannte sein Gasthaus einfach um in „Das Gasthaus des Todes". Dazu musste er allerdings einiges umgestalten. Zunächst strich er die Wände mit schwarzer Farbe an und stellte drei Schaufensterpuppen auf, die er billig in einem Textilsupermarkt erhalten konnte. Er zog ihnen schwarze Lumpen an und ließ sie so richtig schaurig aussehen. Dann holte er seine teure Videoanlage, die er eigentlich in seinen Privaträumen aufgestellt hatte und demnächst zum Pfandleiher bringen wollte. Er baute den Bildschirm in die Wand ein und stellte die Kamera im Keller auf. Dann beauftragte er seinen Kellner Jim, sich einen schwarzen Umhang anzuziehen und alle halbe Stunde eine Mordszene zu spielen. Dazu sollte er eine schwarz gekleidete Puppe auf einen herumliegenden Baumstumpf legen und ihr mit einer Axt den Kopf abschlagen. Diese grausige Szene wurde dann als Showeinlage auf dem Bildschirm im Gastraum gezeigt. Als alle Vorbereitungen beendet waren, konnte das neu gestaltete Grusel-

Gasthaus eröffnen. Und es war überwältigend, die Leute standen Schlange und wollten das Gruseln hautnah erleben. Jacks Umsatz stieg wieder und schon bald hatte er genug Geld, um alle Schulden zu bezahlen. Eines Nachts jedoch, als der Gaststättenbetrieb langsam abebbte, betrat ein seltsamer Mann in einem zerlumpten schwarzen Mantel die Einrichtung. Er sprach kein Wort und trank nur ein Bier. Als er das Glas geleert hatte, schaute er auf den Bildschirm in der Wand. Dort wurde gerade der Mord im Keller gezeigt. Der Fremde stand auf und trat etwas näher an den Bildschirm heran. Dann flüsterte er irgendetwas Unverständliches und legte das Geld für das Bier auf den Tresen. Jack wunderte sich über den rätselhaften Fremden, denn selbst während er ging, sprach er kein einziges Wort. Als er verschwunden war, bemerkte Jack, dass er zu viel Geld auf den Tresen gelegt hatte. Er rannte hinter dem Fremden her, um ihm das Restgeld zurück zu geben. Doch als er auf die Straße hinauskam, war niemand zu sehen. Nur die Laterne über dem Eingang wurde vom Wind hin und her bewegt. Jack fand das recht seltsam, dachte aber schließlich nicht mehr an den rätselhaften Vorfall. Nach und nach zahlten die restlichen Gäste und gingen. Gegen Zwei Uhr war Jack allein in der Gaststube. Nur sein Kellner Jim war noch im Keller und sollte die Videokamera ausschalten. Als der nach einer halben Stunde noch immer nicht nach oben kam, wollte Jack nach ihm sehen. Dazu musste er an dem Bildschirm vorbei

83

gehen, welcher den Keller zeigte. Was er da sah, ließ ihm einen eiskalten Schauer über den Rücken laufen. Jim lag neben dem Stein und rührte sich nicht mehr. Dafür stand der Fremde vor dem Stein und sah irgendwie anders aus als eben noch. Sein Gesicht war eingefallen und entstellt. Aus seinem Mund tropfte Blut! Jack konnte nicht glauben, was er da sah. Das konnte doch nur ein Alptraum sein. Er nahm das Telefon, um die Polizei zu rufen. Doch es funktionierte aus irgendeinem Grund nicht. Panisch lief er zur Kellertür und schloss sie ab. Doch plötzlich vernahm er laute Schritte. Offenbar stieg jemand die Kellertreppe nach oben. Das konnte nur dieser Fremde sein. Plötzlich fiel der Bildschirm aus. Außerdem wurde es stockdunkel. „Mist", zischte Jack, denn er wusste, dass sich der Sicherungskasten im Keller befand. Der Fremde musste die Sicherungen herausgedreht haben. Was hatte er nur vor? Jack plagten die furchtbarsten Gedanken und als er jemanden gegen die Kellertür treten hörte, wusste er genau, dass er jetzt an der Reihe war. Ängstlich versteckte er sich unter seinem Tresen. Dann hörte er nur noch das Splittern der Kellertür. Jetzt musste der Fremde die Tür eingetreten haben. Ein eiskalter Windhauch fegte durch die Gaststube. „Das muss der kalte Hauch des Todes sein", flüsterte Jack in sich hinein. Und er sah sich bereits blutüberströmt am Boden liegen. Plötzlich wurde es wieder hell und eine laute Stimme rief: „Gott sei Dank! Ich hatte schon gedacht, ich muss da unten übernachten!"

Jack erkannte die Stimme sofort und war erleichtert. Es war sein Kellner Jim. Aber wie konnte das sein? Lag er nicht eben noch regungslos im Keller? Vorsichtig kroch Jack aus seinem Versteck und sah Jim, wie der seine Sachen unterm Arm hielt und schimpfte. Er meinte, dass plötzlich der Strom ausgefallen sei, während er im Keller war. Jack erkundigte sich bei Jim, ob er den Fremden gesehen hatte. Doch Jim zuckte nur mit den Schultern. Er hatte niemanden gesehen und Jack konnte sich das Ganze nicht erklären. Als er am Bildschirm herumschaltete, funktionierte dieser wieder einwandfrei. Das konnte doch kein Zufall sein! Was ging hier nur vor? Jack nahm sich vor, das Gasthaus wieder umzubauen, um es danach zu verkaufen. Er fand, dass jenes Gebäude einfach zu weit draußen lag und dass es viel zu gefährlich war, mit solchen Spukgeschichten sein Geld zu verdienen. Mit solch einem Grauen wollte er keine Geschäfte mehr machen. Geld hatte er ja ohnehin genug eingenommen, sodass er es nicht nötig hatte, diese furchtbare Maskerade weiter zu führen. Schon am nächsten Tag räumten die beiden die grausamen und furchterregenden Kulissen und die schwarz gekleideten Schaufensterpuppen weg. Doch was war das? Eine Puppe fehlte – wo war sie nur? Im Keller fand sich die Lösung! Die Puppe stand am Baumstumpf und hatte die Axt in der Hand, mit der sonst Jim seine Show abzog.

In der Ecke lag eine tote Ratte und aus dem Mund der schwarz gekleideten Puppe tropfte Blut, frisches Blut!

S-Bahn-Fahrt des Grauens

Vor einigen Jahren lebte ich in Berlin. Ich studierte an der dortigen Universität und besaß kaum Geld. Und ausgerechnet in dieser Zeit hatte ich ein sehr merkwürdiges Erlebnis, an welches ich mich erst kürzlich wieder erinnerte. Damals lebte ich zur Untermiete bei einer alten Dame, Frau Spindler. Sie sorgte wirklich sehr fürsorglich für mich und erließ mir sogar eine Monatsmiete, weil ich mich erst einleben musste. Trotzdem blieben mir immer noch sehr hohe Ausgaben. Am teuersten war die S-Bahn und ich musste mir schon bald eine Wochenkarte kaufen, damit ich die Kosten unter Kontrolle halten konnte. Ich hatte mal wieder einen sehr stressigen Tag vor mir und musste schnellstens in die Uni. Eigentlich hatte ich mich verspätet, weil ich einfach nicht aus dem Bett kam. Deswegen hatte Frau Spindler schon einen Kaffee für mich gebrüht. Zum Frühstücken aber kam ich nicht mehr. Ich nahm meine Tasche und zog mir noch im Gehen die Jacke über. Als ich auf den Bahnsteig kam, wo die S-Bahn fuhr, wunderte ich mich, dass kein Mensch dort wartete. So etwas kannte ich nicht, denn die anderen Tage war der Bahnsteig regelrecht überfüllt. Ich überlegte, ob vielleicht ein Feiertag – aber dieser Tag war kein Feiertag. Es war ein ganz normaler Mittwoch. Ich fand das sehr sonderbar. Auch die Fahrkartenautomaten funktionierten nicht. Als die S-Bahn einfuhr wurde alles noch viel mysteriöser. Denn der gesamte Zug war menschenleer. Das konnte doch gar nicht sein. Ich zögerte, dachte, es wäre ein Zug, der nur ins Depot gefahren wurde. Irritiert schaute ich auf die Anzeige über dem Gleis. Doch dort stand gar nichts. Wieso wurde nicht angezeigt, wohin diese S-Bahn fuhr? Die Türen öffneten sich und der Zug schien so lange zu warten, bis ich endlich eingestiegen war. Ich schaute auf die Uhr und stieg schließlich ein. Ich setzte mich ans Fenster und der Zug setzte sich in Bewegung. Immer schneller wurde der Zug, und die Landschaft flog wie ein zu schnell abgespulter Film vor dem Fenster vorbei. An der nächsten Station hielt der Zug und wieder entdeckte ich keine Leute. Niemand stieg aus, keiner stieg ein. Nur dutzende Fledermäuse flatterten wie Geister durch die Station. Das Licht flackerte und ein seltsam kühler Wind drang durch die offenen stehenden Türen in den Zug. Und wieder schlossen sich die Türen und der Zug setzte sich in Bewegung. Diesmal schien er noch viel schneller zu fahren als eben noch. Er raste über die Gleise, dass es mir bereits angst und bange wurde. An der nächsten Station sah es noch viel furchterregender aus. Anstelle des Schildes, welches sonst den Namen der Station anzeigte, hing ein großes schwarzes Kreuz über dem Bahnsteig. Überall standen Grabsteine und der Bahnsteig glich eher einem Friedhof als einer Bahnstation. Ich spürte, wie die Angst in mir nach oben kroch. Der eiskalte Wind fegte durch die offenen Türen wie der kalte Hauch des Todes. Mir zog eine Gänsehaut über den Rücken. Die Türen schlossen sich und der Zug raste los. Und diesmal schiene er wie durch einen Tunnel zu rasen. Es wurde stockdunkel und irgendwann flirrten grelle Lichtpunkte wie Sterne an den Fenstern vorbei. Ich verstand nicht, was in diesem furchtbaren Zug vor sich ging. Es grenzte bereits an Hexerei. War der Zug verflucht? Aber so etwas konnte doch gar nicht möglich sein, oder doch? Es dauerte sehr lange, bevor der Zug endlich langsamer wurde. Als er hielt, bekam ich schließlich den Schock meines Lebens. Die Bahnstation, an welcher der Zug hielt, war die gleiche Station, an welcher ich losgefahren war. Wie konnte so etwas nur möglich sein? Waren wir im Kreis gefahren? Aber konnte das wirklich funktionieren? Zunächst wollte ich nicht aussteigen. Doch auf dem Bahnsteig stand ein seltsamer alter Mann in einem schwarzen Mantel. Er sah furchterregend aus, sein Gesicht war weiß und verhärmt. Er nickte mir zu und lief in Richtung Ausgang. So schnell ich konnte stieg ich aus und lief dem Fremden hinterher. Draußen auf der Straße herrschte wieder ganz normaler Betrieb. Doch den Fremden sah ich nirgends mehr. Ich schaute auf die Uhr und stutzte! Seit meiner Abfahrt schien die Zeit nicht mehr vergangen zu sein. Ich wunderte mich darüber, denn der Sekundenzeiger bewegte sich ganz normal. Auch die Bahnhofsuhr zeigte diese Zeit an. Irritiert rannte ich zu meiner Unterkunft zurück und musste erst einmal abschalten.

Als ich die Tür öffnete spürte ich schon, dass irgendetwas nicht stimmte. In der Küche sah ich schließlich, was geschehen war. Auf dem Fußboden lag Frau Spindler und rührte sich nicht. Ich sprach sie an und stellte glücklicherweise fest, dass sie noch lebte. Sofort rief ich den Notarzt und Frau Spindler konnte gerettet werden. Sie hatte einen Herzinfarkt erlitten und lag schon einige Minuten auf dem Boden. Wäre ich nicht gekommen, wäre sie mit Sicherheit gestorben. Die Ärzte dankten mir für meine Hilfe. Und als Frau Spindler aus dem Krankenhaus entlassen werden konnte, war sie überglücklich und spendierte mir eine Wochenkarte für die S-Bahn. Das allerverrückteste aber war, dass an jenem Morgen, an welchem ich diese Irrfahrt mit der S-Bahn erlebte, der S-Bahn Betrieb wegen Gleisbauarbeiten auf dieser Strecke eingestellt war.

Klinik des Grauens

Die kleine Gina war ein lustiges fröhliches Kind. Eigentlich war sie gesund und munter kränkelte sehr selten. So verwunderte es die Mutter, als Gina ganz plötzlich still wurde und sich immer mehr zurückzog. Eines Tages fand die Mutter Gina röchelnd in ihrem Bettchen vor und rief sofort den Notarzt. Gina wurde ins Krankenhaus gebracht und konnte gerade noch gerettet werden. Sie litt an einer Ernährungsstörung und wäre beinahe gestorben. Die Mutter war derart besorgt und ängstlich, dass sie täglich auf der Station des Krankenhauses war. Sie übernachtete sogar zeitweise in einem Zimmer neben der Station und wollte ihre kleine Tochter unter keinen Umständen unbeobachtet lassen. Doch eines Tages geschah etwas Furchtbares. Vollkommen unerwartet starb plötzlich eines der Kinder aus Ginas Zimmer. Ihm ging es eigentlich schon sehr gut und die Ärzte wussten nicht, was es sein konnte. Das Kind starb rätselhafter Weise an einer Lungenentzündung, obwohl die Fenster des Krankenzimmers in jener Winternacht verschlossen blieben und die Heizung einwandfrei funktionierte. Doch etwas schien merkwürdig, auf der Bettwäsche des Kinderbettchens entdeckte eine Schwester ein mit roter Farbe aufgemaltes umgedrehtes Kreuz, das Zeichen des Satans! Das Personal und die behandelnden Ärzte bekamen einen riesigen Schreck. Hatte am Ende irgendjemand dieses Kind umgebracht? Nur, wer sollte solch eine unfassbare Tat vollbracht haben? Auf die Station gelangten doch ausschließlich das Klinikpersonal und sonst keinerlei fremde Personen. Wer also konnte an jenem entsetzlichen Ereignis die Schuld tragen? Da man keine logische Erklärung und schon gar keinen Täter finden konnte, wurden die Sicherheitsmaßnahmen verstärkt. Alle diensthabenden Ärzte und Schwestern wurden angehalten, noch besser aufzupassen und noch öfter die Krankenzimmer zu kontrollieren. Und obwohl das alles geschah, verstarb wenig später ein zweites Kind. Auch dieses Kind starb an einer Krankheit, die eigentlich hätte gar nicht da sein dürfen. Denn auch dieses Kind befand sich auf dem Weg der Besserung und nichts deutete darauf hin, dass es so plötzlich an einer schweren Krankheit versterben würde. Und es grenzte an Hexerei, denn wieder entdeckte man auf der Bettwäsche dieses in roter Farbe gemalte umgedrehte Kreuz. Wer hatte das dort drauf gezeichnet? Ging ein Kindermörder um oder war jemand vom Personal der Täter? Die Kripo suchte akribisch nach irgendeinem Anhaltspunkt und fand dennoch keinen stichhaltigen Grund. Es war kein Täter zu ermitteln. Und Gina lag noch immer auf dieser Station. Zwar war Ginas Mutter erleichtert, dass es ihrer Tochter schon recht gut ging. Doch die Kunde vom Tod der beiden Kinder versetzte sie in Angst und Schrecken. Keinen Tag länger wollte sie ihre kleine Gina länger in diesem furchtbaren Krankenhaus lassen. Und da sie keine ruhige Minute mehr hatte, wollte sie ihre Tochter von der Station holen. Doch auf dem Gang zum Krankenzimmer kam ihr eine seltsame alte Schwester entgegen. Sie hatte ein fahles, knochiges Gesicht und ihre Augen stachen bedrohlich aus den tiefen Höhlen hervor. Als sie mitbekam, dass Gina nach Hause geholt werden sollte, stellte sie sich der aufgeregten Mutter in den Weg. „Sie können das Kind nicht so einfach mitnehmen. Sie brauchen erst einige Genehmigungen", zischte sie. Doch die Mutter war derart in Rage, dass sie nichts und niemand mehr aufhalten konnte. Weder eine Genehmigung noch irgendeine andere Formalität konnten sie noch bremsen. Laut rief sie: „Das bringe ich später vorbei! Aber mein Kind lasse ich keine Stunde länger hier!". Sie schob die Schwester beiseite und rannte in Ginas Zimmer. Dort fand sie ihre kleine Tochter hustend und ganz rot im Gesicht vor. Auf dem Kopfkissen neben Gina lag ein kleiner Teddybär, der ein Kreuz in seinen Pfoten hielt. Die Mutter hatte ihn in einem kleinen Laden in der Klinik für ihre Tochter gekauft. Sie kam gerade noch dazu, den kleinen Bären aus dem Bettchen zu nehmen und ihrer Tochter in die Hand zu legen, da stürmte auch schon die vermeintliche Schwester in das Zimmer und wolle ihr das Kind entreißen. Sie hatte plötzlich feuerrote Augen und einen eiskalten Atem. Es war der Atem des Todes und die Schwester rief mit düsterer Stimme: „Niemals wirst Du dieses Kind mitnehmen können, denn es ist das dritte Kind, welches sterben muss! Du kannst den Fluch nicht zerstören, niemals!" Dann entdeckte sie den Bären mit dem Kreuz in Ginas Händen und wich entsetzt einen Schritt zurück. Das nutzte die Mutter aus hielt ihre Tochter noch fester im Arm. Sie nahm behutsam den kleinen Bären aus Ginas Händen und hielt ihn der Schwester vor die Nase. Die Schwester schrie laut auf und torkelte zur Seite. Dann fiel sie kraftlos auf den Boden und die Mutter rannte laut um Hilfe rufend auf den Gang. Durch den Lärm wurde das Personal aufmerksam und kam ihr schon entgegengerannt. Sie riefen sofort die Polizei. Als die eintraf, fanden sie die merkwürdige Schwester nicht mehr vor. Lediglich die Bettwäsche auf Ginas Bett wies eine seltsame Zeichnung auf. Ein mit roter Farbe aufgemaltes umgedrehtes Kreuz! Kein Zweifel, das nächste Kind, welches gestorben wäre, konnte nur Gina gewesen sein. Schon am nächsten Tag wurden sämtliche Kinder in ein anderes Krankenhaus verlegt. Gina wurde wieder gesund und die Mutter war froh, ihre Tochter gerade noch rechtzeitig aus der Todesklinik befreit zu haben.

Inspektor Close, der mit dem rätselhaften Fall betraut wurde, fand schließlich heraus, dass auf dem Klinikgelände vor dreihundert Jahren ein altes Kloster stand. In den Aufzeichnungen des Klosters, welche sich nun im Besitz eines Museums befanden, las Close schließlich, dass es einst eine Nonne gab, die abtrünnig geworden sei.

Man sagte ihr nach, dass sie jedes Jahr drei Kinder ermordete. Es hieß, dass sie mit dem Teufel im Bunde stand und ihm in jedem Jahr drei Seelen versprach. Als man die Nonne schließlich auf frischer Tat ertappte, wurde sie sofort eingekerkert und später zum Tode verurteilt. Sie endete am Galgen, doch bevor man sie zum Tode beförderte, sollte sie noch einen Fluch ausgesprochen haben: „Ich verfluche die Erde, auf dem das Kloster gebaut wurde. Und jedes Jahr wird mein Geist drei Kinderseelen holen! Niemals wird es mehr Frieden geben!" Inspektor Close wusste, dass das Krankenhaus erst ein reichliches Jahr stand. Das alte Kloster musste wegen Baufälligkeit abgerissen werden. Und nun schien sich dieser Fluch zu bewahrheiten. Die Klinik wurde schließlich geschlossen. Als man später eine christliche Einrichtung dort unterbrachte, sah man am Tag der Weihe des Gebäudes eine rätselhafte alte Frau, die aussah wie eine Krankenschwester vom Gelände rennen. Sie rannte auf ein angrenzendes Waldstück zu und hatte stechend rote Augen. Unmittelbar vor dem Wäldchen verwandelte sie sich in eine große Flamme, die schließlich kurz darauf verlosch und niemals wiederkehrte.

Kinderstimmen

Ashley lebte in einem einsam gelegenen Haus am Rande von Beverly Hills und fühlte sich richtig wohl. Von der großzügigen Erbschaft ihres Mannes, der vor zwei Jahren an Leukämie verstorben war, lebte es sich sehr gut. Eigentlich hätte sie rundum glücklich sein können, doch sie war es nicht. Irgendetwas fehlte und dann sah sie auf ihren Biedermeiersekretär, der vorm Fenster stand und betrachtete sich das Bild ihres Sohnes. Der lebte seit vielen Jahren in San Diego und war sehr erfolgreich in der Computerbranche tätig. Sehnsuchtsvoll dachte sie dann an die vielen Jahren, in welchen sie alle zusammen waren und noch in Los Angeles lebten. Doch die Zeiten hatten sich nun mal geändert und sie musste sich damit abfinden. An jenem lauen Sommerabend saß sie noch lange auf ihrer Terrasse und genoss die Ruhe. Da vernahm sie plötzlich Kinderstimmen. Sie mussten ganz aus ihrer Nähe kommen und als sie ihre Augen öffnete und in ihren riesigen Garten schaute, bemerkte sie drei Kinder, die ungehindert über die Wiese tollten. Sie schienen eine Menge Spaß zu haben und sich gar nicht daran zu stören, dass sie sich auf einem fremden Grundstück befanden. Und obwohl sich Ashley schließlich im Garten zeigte und laut nach den Kindern rief, nahmen sie doch keine Notiz von ihr. Ganz im Gegenteil, sie winkten ihr fröhlich zu und sprangen weiterhin ungestört über die

Wiese. Doch es wurde noch seltsamer. Immer dann, wenn sie auf die Kinder zulief, um sie von der Wiese zu verjagen, verschwanden sie vor ihren Augen. Sie lösten sich einfach in Luft auf und Ashley konnte nicht fassen, was da geschah. Jedes Mal hoffte sie, die Kinder würden nicht mehr zurückkommen. Doch da irrte sie gewaltig. Es wurde sogar schon so schlimm, dass sie bereits am Morgen, wenn sie wach wurde, die Kinderstimmen im Garten hörte. So konnte es unmöglich weiter gehen und sie ging schließlich zur Polizei. Doch als der Officer zu ihr nach Hause kam, um sich von der Anwesenheit der Kinder zu überzeugen, waren die nicht mehr da. Offenbar wussten sie, dass die Polizei hinter ihnen her war und zeigten sich deswegen nicht. Doch kaum war der Officer fort, da sprangen sie auch schon wieder quietsch vergnügt über die Wiese. Ratlos und verzweifelt zog sich Ashley zurück und schloss sich schließlich tagelang in ihr Haus ein. Sie begann sich vor den merkwürdigen Kindern zu fürchten. Denn es gab nichts, womit sie die Kinder vertreiben konnte. Als sie den Officer noch einmal um Hilfe bat, riet der ihr nur, diese Kinder einfach zu ignorieren, dann würden sie schon verschwinden. Doch sie verschwanden nicht. Ashley lebte fortan nur noch hinter ihren heruntergelassenen Jalousien und hinter verschlossenen Türen. Ihre Furcht wuchs zu einer nie dagewesenen Angst und Ashley wurde schließlich krank. Ihr Sohn Cheb, den sie erst sehr spät von ihren Beobachtungen und ih-

97

rem daraus resultierendem Zustand unterrichte-
te, kam bestürzt zu ihr und wollte sie zu sich
nach San Diego holen. Doch sie weigerte sich. An
diesem Ort war sie zu Hause und wollte nicht
mehr weg von dort. So blieb Cheb einige Tage
bei ihr und wollte sich selbst von der Anwesenheit der Kinder überzeugen. Als er sie im Garten
herumspringen sah, lief er hinaus und wollte mit
ihnen sprechen. Doch da verschwanden sie wie
schon die vielen unzähligen Male, als Ashley
nach ihnen sah. Cheb gab jedoch nicht auf. Er
holte seine Digitalkamera und fotografierte die
Kinder. Und als er die Bilder an seinem PC betrachtete und sogar vergrößerte, erschrak er.
Denn das, was er da auf seinem Monitor sah,
waren keinesfalls spielende Kinder. Es waren
schrecklich anzuschauende Gestalten, die mit
ihren bleichen entstellten Gesichtern in die Kamera starrten. Und die netten Kinderstimmen
waren auch keine Kinderstimmen, sondern ein
grausiges Geschrei von furchterregenden Monstern. Cheb hingegen hatte keine Angst. Vielmehr
interessierte ihn, warum diese Wesen in diesem
Garten waren. Was war der Anlass für ihr Erscheinen und was hatte es mit den Kindern auf
sich, in deren Hülle diese Wesen geschlüpft waren? War vielleicht irgendetwas mit diesem Haus
nicht in Ordnung? Er fragte seine Mutter danach.
Doch die meinte nur, dass es nie Probleme mit
dem Haus gab. Es war ja auch ein Neubau und
konnte demzufolge keine böse Vergangenheit

haben. Cheb gab sich damit nicht zufrieden, sein Interesse war geweckt.

Er wollte herausfinden, was sich früher auf diesem Grundstück befand. Und da ihm seine Mutter nicht weiterhelfen konnte, suchte er einen Pfarrer auf. Pfarrer Jenkins war schon ein alter Mann, dem man nicht mehr viel von der Welt erklären musste. Er hatte schon alles erlebt und auch gesehen und wunderte sich über gar nichts mehr. Doch als ihn Cheb mit seinen Beobachtungen und schließlich auch noch mit den Fotos seiner Kamera betraute, wurde es selbst ihm ganz duselig. Dennoch schien er nicht erschrocken und Cheb wollte mehr von ihm wissen. Jenkins bat Cheb in einen Nebenraum der Kirche und schloss ihn von innen ab. Dann begann er zu erzählen: „Vor Jahren war das Grundstück, auf welchem nun das Haus Ihrer Mutter steht, ein alter Friedhof. Doch es war ja nicht ungewöhnlich, dass man solche Grundstücke irgendwann auch zu anderen Zwecken nutzte. Auf diesem Friedhof jedoch geschah einst ein grausamer Mord. Drei Kinder wurden eines nachts tot dort aufgefunden. Den Täter hatte man nie gefasst. Wieso allerdings ausgerechnet zum gegenwärtigen Zeitpunkt diese Kinder erschienen, wusste selbst er nicht." Cheb bedankte sich und wollte schon gehen. Da rief der Pfarrer hinter ihm her: „Halt, warten Sie einen Moment. Da gibt's noch etwas, das Sie wissen sollten. Die Wiesen, auf denen die Kinder spielen, wurden von einem gewissen Arnold Blackwood angelegt. Der war mal ein recht bekannter Landschaftsgärtner in der Gegend und man hatte ihn, nachdem er das Grundstück von Mrs. Rivers angelegt hatte, nicht mehr gesehen. Das einzige, was ich über ihn erfuhr, steht in einer alten Tageszeitung. Hier sehen Sie!" Mit diesen Worten zog er eine zerknitterte alte Zeitung aus einem Schubkasten hervor und reichte diese Cheb. „Aber nun muss ich wirklich Schluss machen. Hoffentlich habe ich Ihnen nicht schon zu viel erzählt." Der Pfarrer komplimentierte Cheb aus seinem Büro und verschwand schließlich im Gewirr der vielen Gänge. Cheb setzte sich auf eine der zahlreichen Holzbänke vor dem Altar und las die Titelseite der Zeitung: „Ist Arnold ein Kinderschänder?" Der darunter befindliche Artikel bekundete, dass man Arnold eines Missbrauchsdeliktes bezichtigte. Doch man konnte es ihm nicht beweisen, so verschwand er schließlich von der Bildfläche. Für Cheb stand fest, er musste diesen mysteriösen Arnold unbedingt finden. Nur, wo sollte er ihn suchen. Der Pfarrer würde ihm nicht weiterhelfen können. Der glaubte ja schon jetzt, zu viel erzählt zu haben. Aber es musste irgendein Zusammenhang zwischen Arnold und den Kindern auf der Wiese geben. Wieder fuhr Cheb zum Haus seiner Mutter. Die war ganz aufgelöst, denn schon wieder hatte sie die Kinder auf der Wiese gesehen und sie fürchtete sich wirklich sehr. Cheb versuchte sie zu beruhigen und lief hinaus. Er wollte sich die Wiese noch einmal etwas genauer betrachten. Und als er so durch das frische Gras schlenderte, entdeckte er zwischen den Grashalmen ein goldenes Kettchen, an welchem sich ein kleiner Anker befand. Cheb nahm das Kettchen und betrachtete es. Wenn die Kinder an genau dieser Stelle spielten, dann wollten sie vielleicht ein Zeichen geben. Einen Hinweis auf Arnold vielleicht. Obwohl Cheb dieser Verdacht mehr als wage erschien, ließ er sich dennoch nicht von diesem verwegenen Gedanken abbringen. Und so spann er einfach weiter – vielleicht war diese Ankerkette ein Hinweis auf Arnolds derzeitigen Aufenthaltsort? Ein Anker, das hatte etwas mit Meer und Schiffen zu tun, vielleicht lebte Arnold gar nicht weit entfernt, im Hafen von Los Angeles? Cheb überlegte nicht lange, setzte sich in seinen Wagen und fuhr nach L.A. Dort fuhr er sofort zum Hafen und befragte einige Hafenarbeiter nach einem gewissen Arnold Blackwood. Doch niemand hatte diesen Namen je gehört und keiner konnte sich an einen Arnold erinnern. Noch einmal holte er das Ankerkettchen aus seiner Jackentasche und betrachtete es genau. Dabei entdeckte er einen winzigen Schriftzug, den er wohl übersehen haben musste, weil er zu klein war. Er hielt den Anker ganz dicht vor seine Augen und entzifferte einen Namen: Chamäleon. Und sofort kam ihm ein Verdacht, das musste der Name eines Bootes sein. Er suchte das gesamte Hafengelände ab, fand jedoch keinen Kahn und auch kein Schiff mit diesem Namen. Enttäuscht setzte er sich auf eine Bank und beobachtete das Meer. Da bemerkte er, wie ein kleines Motorboot im nicht weit entfernten Jachthafen anlegte. Ein stämmiger Mann in Jeans ging von Bord und band das Boot an einen Pflock. Cheb stand auf und lief zu dem Boot. Er tat so, als würde er sein eigenes Boot suchen, wollte jedoch in Wahrheit nur den Namen des soeben eingetroffenen Bootes sehen. Und seine Mühe wurde belohnt, vor ihm lag die „Chamäleon". Vermutlich war dieser stämmige Mann Arnold Blackwood. Der vermeintliche Arnold schenkte Cheb glücklicherweise keinerlei Beachtung und er verschwand in einer nicht weit entfernten Hafenkneipe. Das war Chebs Chance. Er sprang auf die „Chamäleon" und begab sich in das Innere des unverschlossenen Bootes. In der kleinen Kajüte fand er zunächst nichts, dass ihn misstrauisch hätte werden lassen. Doch dann entdeckte er unter der Koje eine Kassette. Sogar der Schlüssel lag unter dem Behältnis und Cheb schloss sie auf. Was er da entdeckte, ließ ihn erschaudern. Da waren die Bilder all der Kinder, die er im Garten seiner Mutter gesehen hatte. Und daneben lagen mehrere Geldbündel. Cheb nahm die Kassette an sich und verschwand ungesehen vom Boot. Von Arnold war noch nichts zu sehen. Der saß ganz sicher noch arglos in der Kneipe und betrank sich vermutlich. Cheb hingegen ging zur nächsten Polizeistation und legte dem Officer den Zeitungsartikel sowie die Kassette mit dem Geld und den Bildern vor die Nase. Dann meinte er, dass dieser Arnold in einer Kneipe im Jachthafen zu finden sei. Der Officer ließ sich nicht lange bitten. Zusammen mit drei anderen Polizisten fuhr er zum Hafen und Arnold wurde festgenommen. Es stellte sich heraus, dass es sich tatsächlich um Arnold Blackwood handelte. Und nachdem er mit den Fotos der Kinder und dem Geld in der Kassette konfrontiert wurde, gestand er schließlich alles. Er gab zu, die Kinder, die allesamt aus bestem Hause kamen, lange Zeit beobachtet zu haben. Und als er seine eigene hoffnungslose Lage betrachtete und ihm klar wurde, dass er aufgrund seiner zweifelhaften Vergangenheit nie mehr einen Job bekommen würde, brachte er die Kinder um und erleichterte sie obendrein auch noch mithilfe ihrer Kreditkarten um ihr Vermögen auf der Bank. Davon kaufte er sich die „Chamäleon" und tauchte mit einer falschen Identität unter. Cheb war erleichtert und seine Mutter sah nur noch ein einziges Mal die drei Kinder im Garten. Doch sie fürchtete sich nicht mehr vor ihnen und als sie Tage später die Wiese mähen ließ, entdeckte der Gärtner eine Karte, auf welcher die Namen der Kinder aufgelistet waren. Darunter war handschriftlich vermerkt: „Vielen Dank und Gottes Segen!"

Asteroiden

Der Hobbyastronom Juri schlug sich mal wieder die Nacht um die Ohren und saß bis nach Mitternacht vor seinen Geräten. Er hatte sich ein winziges Observatorium eingerichtet und das Teleskop nach seinen Erkenntnissen und Ideen umgebaut. Dazu musste das kleine Gartenhäuschen erweitert werden, was seine Frau Nina sehr verärgerte. Denn Juri hatte nur noch die Astronomie und die Sterne im Kopf. Leider vergaß er darüber nicht nur den Hochzeitstag. Gerade in den letzten Tagen sah Nina ihren Mann kaum noch in ihrer Nähe. Der hatte sich hinter seinem Teleskop verbarrikadiert und beobachtete eine nahezu unglaubliche Erscheinung. In der Nähe des Planeten Jupiter entdeckte er eine riesige Gruppe Asteroiden. Sie schienen sich umeinander zu bewegen und geradewegs Kurs auf den Jupiter zu nehmen. Dieser riesige Planet war so eine Art Gravitationsfalle für diese kleineren Himmelkörper. Er zog sie an und hielt sie somit davon ab, ihren Kurs ins Innere unseres Sonnensystems fortzusetzen, um auch der Erde gefährlich zu werden. Die Asteroiden allerdings waren so gewaltig, dass sich Juri nicht so ganz sicher war, ob sie vom Jupiter abgelenkt würden oder nicht. Sollten sie ihren Weg ins Innere des Sonnensystems fortsetzen, könnten sie der Erde unter Umständen gefährlich werden. Doch er glaubte, dass die großen Observatorien der Erde längst wussten, wie die Bahn der Asteroiden verlief. Und so rief er nicht beim Zentralen Observatorium an und beobachtete einfach weiter, was im All geschah. Als Nina ins Gartenhaus kam, um ihren Mann zum Essen ins Haus zu rufen, winkte der nur ab. Er schaute nur noch auf den Bildschirm vor sich und konnte nicht fassen, was er da sah. Die Asteroiden hatten den Jupiter ungehindert passiert und befanden sich nun auf geradem Kurs zur Erde. Juri lief ein eiskalter Schauer über den Rücken. Er hatte ein Rechenprogramm entwickelt, welches die Zeit bis zum Einschlag auf der Erde berechnete. Und als die Zeit auf dem Monitor erschien, stockte ihm der Atem! In ungefähr zwanzig Tagen würden die Asteroiden die Erde erreicht haben. Und dann wäre es vermutlich vorbei mit diesem wunderschönen blauen Planeten. Und obwohl er schon vorher nicht zu Nina ins Haus gehen wollte, um etwas zu essen, hatte er nun erst recht keinen Appetit mehr. Nun musste er das Zentrale Observatorium informieren. Er nahm sein Handy und meldete dort seine Beobachtungen und sämtliche Daten, die er dabei herausgefunden hatte. Die dortigen Wissenschaftler aber hatten all das schon beobachtet. Und sie wiesen Juri an, Stillschweigen zu bewahren. Man wollte erst die Regierungen auf der ganzen Welt von den Erkenntnissen informieren und Juri durfte so lange nichts verbreiten. Dennoch hatte Juri Angst. Er wusste genau, dass es keinen sicheren Ort auf diesem Planeten gab, wenn derartig monströse Himmelskörper einschlugen. Aber vielleicht gab es ja doch noch eine Rettung, den Mond! Vielleicht würden die Asteroiden von der schwachen Anziehungskraft des Erdtrabanten abgelenkt und eine andere Flugbahn einschlagen. Aber diese Hoffnung erschien zu wage. Juri musste es zumindest seiner Frau Nina sagen, doch wie würde sie reagieren? Über ein Haustelefon rief er Nina an. Er bat sie, zu ihm ins Gartenhaus zu kommen, um sie über seine Beobachtungen zu unterrichten. Als Nina vor ihm stand, berichtete er alles, was er über die Asteroiden herausbekommen hatte. Nina starrte Juri schweigend an und wusste im ersten Moment gar nicht, was sie sagen sollte. Vermutlich brachen in diesem schicksalsträchtigen Augenblick all ihre Träume vom Leben, all ihre Hoffnungen und all ihre Pläne von der Zukunft mit einem Mal zusammen. Mit bebender Stimme fragte sie Juri, ob es doch noch irgendeine Hoffnung für die Menschen auf der Erde gäbe. Juri wurde ganz ernst und flüsterte nur ein trockenes: „Nein. Wir werden vermutlich alle untergehen." Nina hatte Tränen in den Augen. Vergessen war das Essen und die Zeit, die Juri in diesem Gartenhäuschen bisher verbracht hatte. Alle schlimmen Dinge, die sie ihrem Mann bisher gesagt hatte, weil er kaum noch bei ihr war, schienen mit einem Male verpufft. Nichts war mehr wichtig. Sie wollte nur noch bei ihm sein, ihn anschauen und seine Worte hören. Auch Juri ging es so. Ihm war klar, dass sie nicht mehr viel Zeit hatten.

Und sie knieten nieder und beteten zu Gott, er möge ein Einsehen mit diesem Planeten und dem darauf befindlichen Leben haben. Dieses wundervolle einzigartige Paradies durfte nicht einfach so zerstört werden. Aber es würde wohl so kommen. Denn die Menschheit war einfach noch nicht so weit, ein solch großes Unternehmen durchzuführen, um diese enormen Massen-Objekte aufzuhalten. Das Unglück schien nicht mehr abwendbar zu sein und das Schicksal der Erde war besiegelt. Als am Tag darauf die Nachrichtenstationen auf aller Welt von diesem unglaublichen Sachverhalt berichteten, fielen die Menschen in eine nie dagewesen Lethargie. Schweigend starrten die Menschen in den Himmel und beteten. Schon bald waren Millionen von Jahren der Entwicklung dieses phantastischen Lebens auf diesem so einzigartigen Planeten einfach dahin. Dann wäre es so, als hätte es diese Welt niemals gegeben. Plötzlich geschah etwas Sonderbares. Die Menschen in Japan bildeten eine endlose Menschenkette. Jeder trug eine leuchtende Kerze in seiner Hand, während er mit der anderen Hand den anderen Menschen berührte. Immer mehr Menschen schlossen sich dieser Menschenkette an. Schon nach wenigen Stunden reichte die Kette von der japanischen Insel Hokkaido über China nach Indien, nach Sibirien, nach Russland, nur die Meere unterbrachen diese Kette. Doch schon an den Stränden standen die Leute und führten die Kette weiter. Und alle trugen strahlende Kerzen in ihren Händen. Schließlich hatte sich nahezu die gesamte Weltbevölkerung zu einer unglaublichen Menschenkette vereint. Die hell leuchtenden Kerzen trugen ihren Schein ins All hinaus und dort konnte man dieses Funkeln und Blitzen des warmen Kerzenlichts sehen. Es war seltsam, aber obwohl die Kerzen eigentlich nur ein Lichtlein waren, schienen sie in dieser Kette so stark und hell zu leuchten wie eine neue Sonne. Und auf einmal stockte der Flug der Asteroiden. Irgendetwas schien ihnen im Wege zu stehen. Einer nach dem anderen verschwand in einem grellen Lichtblitz. Schließlich waren sie verschwunden. Als erstes bemerkten es die Wissenschaftler in den Observatorien. So schnell sie konnten verbreiteten sie ihre unfassbaren Beobachtungen. Und alsbald flog es um die ganze Welt – die Erde war gerettet. Wie war das nur möglich? Wie konnten solch riesige kosmische Objekte mit einem Mal verschwinden? Was ging dort draußen vor? Immer wieder beobachteten die Wissenschaftler den Raum, doch all ihre Messungen bestätigten die Feststellung – die todbringenden Asteroiden gab es nicht mehr. Juri, der das alles ebenfalls an seinem Teleskop beobachten konnte, war fassungslos. Vor lauter Tränen konnte er gar nichts mehr sehen und er rannte zu Nina ins Haus, umarmte sie und rief: „Wir sind gerettet. Die Asteroiden sind fort!" Nina war überglücklich und die beiden küssten und umarmten sich wie seit langer Zeit nicht mehr. Alle Menschen auf der Welt fielen sich überglücklich und weinend vor Freude und Erleichterung in die Arme. Es konnte also weiter gehen. Das Leben hatte noch einmal eine Chance erhalten. Vielleicht hatte es sich doch gelohnt, eine solch mächtige Menschenkette zu bilden. Und vielleicht haben die Kerzen dieses Wunder bewirkt. Auch Juri wusste es nicht. Er ging fortan nicht mehr so oft ins Gartenhaus und widmete sich mehr seiner Frau Nina. Denn ihm war klar geworden, dass man nur eine Möglichkeit hatte, wenn es weiter gehen sollte – den Zusammenhalt! Als Juri eines nachts und nach langer Zeit wieder einmal in sein Mini-Observatorium ging, um endlich wieder nach den Sternen zu schauen, fiel ihm etwas Sonderbares auf. Vor einiger Zeit hatten Wissenschaftler herausgefunden, dass sich im Zentrum unserer Galaxis, weit entfernt von unserem Sonnensystem ein schwarzes Loch befand, dass unablässig Materie in sich aufsaugte. Dieses schwarze Loch war verschwunden. Dafür zeigten Juris empfindliche Messgeräte etwas völlig anderes an und ihm wurde schlagartig klar, was es war, dass die riesigen Asteroiden vernichtete! Das schwarze Loch aus dem Zentrum unserer Milchstraße befand sich den Messungen zufolge innerhalb unseres Sonnensystems!

Der Gerichtsmediziner

Bei dem recht betagten und als launisch geltenden Adligen Kurt Baron von Steinwald wurde eingebrochen. Dabei wurde sein Tresor geknackt und zehn seiner begehrten Goldbarren gestohlen. Doch als ob das nicht schon schlimm genug war, wurde auch noch die Leiche des ehrwürdigen Barons in den Kellergewölben seines alten Landsitzes gefunden.

Inspektor Smith hatte sich des sonderbaren Falles angenommen, denn die Suche nach dem Täter gestaltete sich als äußerst schwierig. Der Baron hatte keine Nachkommen und so fiel das altehrwürdige Schloss dem Staate zu. Smith hingegen hatte ein merkwürdiges Gefühl und er wusste, dass da noch etwas sein musste, was er bislang nicht entdeckt hatte. Irgendetwas war komisch, doch er konnte es sich nicht erklären. Eines regnerischen Novembertages fuhr er schon ziemlich zeitig los. Er wollte noch am Mittag im Schloss sein, um dort akribisch genau nach dem zu suchen, was er eigentlich gar nicht wusste. Zu allem Unglück zog auch noch ein heftiges Gewitter auf und die Blitze blendeten Smith, als er gerade die schmale Kieselsteinauffahrt des Schlosses entlangfuhr. Vor dem dunklen steinernen Eingangstor des unheimlichen Schlosses hielt er den Wagen an. Unheilvoll prasselte der Regen gegen die Autoscheiben und der Inspektor wartete eine kleine Weile, hoffte, der Regen würde etwas nachlassen. Doch es wurde schlimmer und schlimmer und so blieb Smith nur, auszusteigen und schnellstens ins Haus zu rennen. Klitschnass erreichte er die breite hölzerne Tür. Sie ließ sich nur schwer öffnen, knarrte, als er sie aufdrückte. Im Inneren war es kalt und es roch nach Moder und altem Holz. Der steinerne Fußboden war ein wenig rutschig, was vermutlich an dem sich in der Zwischenzeit gebildeten Moos liegen musste, welches sich hartnäckig zwischen den alten Marmorsteinen hindurchschob.

Im Entree endete eine steinerne Treppe, die in das Obergeschoss führte. Smith wollte gerade loslaufen, um die unteren Räume zu untersuchen, da knackte es. Erschrocken, aber nicht ängstlich fuhr er herum, doch da war niemand. Stöhnend setzte er sein Vorhaben fort und suchte in den Räumen nach irgendeinem Anhaltspunkt. Doch da war nichts, was auch nur im Entferntesten hätte auf irgendeinen Täter hinweisen können.

Plötzlich war da wieder dieses knackende Geräusch. Es schien aus dem Oberschoss zu kommen und so schlich sich der Inspektor vorsichtig die Steintreppe hinauf. Hinter einer angelehnten Tür war das vermeintliche Geräusch am lautesten. Mit einem geübten Ruck riss er die Tür auf und erstarrte. Im Inneren des dahinter befindlichen Raumes hantierte ein fremder Mann in einer hölzernen Truhe und schien sich gar nicht dabei stören zu lassen.

Der Inspektor hustete laut und rief: „Wer sind sie! Was wollen Sie hier?"

Der Unbekannte erschrak und ließ sofort von seiner Beschäftigung ab. Mit bebender Stimme antwortete er: „Ich, ich, ich suche nach gar nichts. Ich wollte doch nur ... mal sehen, wie dieser Herr so lebte." Smith wunderte sich – mit energischer Stimme forderte er den Fremden auf, seinen Namen zu nennen, weil er ihn andernfalls mit aufs Revier nehmen würde. Doch den wollte der Fremde nicht nennen, sagte stattdessen: „Ich bin Gerichtsmediziner. Ich bin heute mit dem Fall betraut worden – das können Sie ja nicht wissen."

Smith schaute argwöhnisch und skeptisch zu der alten Truhe und trat rasch näher heran, um zu sehen, was sich in der Truhe befand. Als er jedoch in das Corpus Delicti schaute, war dieses leer. Nichts befand sich in der Truhe und der Inspektor musste sich wohl oder übel mit dieser Tatsache zufriedengeben.

Auch konnte er sich nicht so recht vorstellen, dass der Fall des ermordeten Barons ausgerechnet auf diesen sonderbaren Gerichtsmediziner übertragen worden sein sollte. Und was suchte dieser ein wenig durcheinander wirkende Mittvierziger überhaupt in diesem Schloss, so ganz allein? Noch einmal stellte er den Mann zur Rede. Mit noch immer bebender Stimme erzählte der etwas von einem Schatz, den er suchte, weil er ihn dem staatlichen Museum zukommen lassen wollte. Smith jedoch glaubte ihm kein einziges Wort. Er rief in der Polizeizentrale an und erfuhr, dass kein Gerichtsmediziner in das Schloss des Barons geschickt worden sei.

Der Fremde schien das zu wittern und zog in Windeseile eine Waffe. Da Smith sein Handy wegsteckte, war er für einen Augenblick abgelenkt. So hatte der Fremde leichtes Spiel. Er hielt Smith in Schach und legte ihm seine eigenen Handschellen an. Dann verfrachtete er ihn in einen Nebenraum, um weiterhin freie Bahn zu haben. Smith versuchte unterdessen verglich, sich zu befreien. Der Fremde, dem die Sache schließlich doch zu brenzlig wurde, wollte schnellstens das Schloss verlassen. Doch so einfach wollte er den Kommissar zu nicht zurücklassen, denn der könnte immerhin auspacken, wenn er gefunden würde. Und so holte er einen Benzinkanister aus seinem versteckt parkenden Wagen und verspritzte die leicht entzündliche Flüssigkeit vor der Tür des Raumes, in welchem Smith gefangen gehalten wurde.

Als die Flammen hoch genug züngelten und bereits den gesamten Eingangsbereich versperrten, sprang der Fremde aus dem Fenster und raste mit seinem Wagen davon.

Für Smith hingegen wurde die Lage immer ernster. Dichter schwarzer Qualm breitete sich wie ein Geschwür im Schloss aus und Smith glaubte schon, sterben zu müssen. Hustend rief er um Hilfe, doch er wusste, dass das keiner hören würde. Die Polizisten in der Zentrale jedoch hatten längst Verstärkung geschickt, denn sie hatten vergeblich versucht, den Kommissar auf seinem Handy zu erreichen. So trafen alsbald die ersten Polizeiwagen und schließlich auch die Feuerwehr vor dem lichterloh brennenden Schloss ein. In allerletzter Sekunde konnte Smith aus seinem Gefängnis befreit werden, dann brach das ehrwürdige Schloss krachend in sich zusammen.

Auch den Fremden fand man ziemlich rasch, denn sein Wagen hatte auf jener Straße, auf welcher er geflohen war, eine Panne.

Als man wenig später die Wohnung des Fremden durchsuchte, fand man auch den Baron, allerdings aufgeteilt auf unterschiedliche Tongefäße. Der Fremde, der mit bürgerlichem Namen Tom Gardner hieß, und tatsächlich mal Gerichtsmediziner war, hatte den Baron umgebracht, ihn fachmännisch zerlegt und die Teile schließlich auf die Tongefäße verteilt. Aber da war noch etwas – denn in jedem der Gefäße versteckte er auch gleich noch einen der gestohlenen Goldbarren. Die Ermittler packte das kalte Grauen, als sie das gesamt Ausmaß der Straftat vor sich sahen. Dem Verbrecher wurde der Prozess gemacht und das Gold wurde eingeschmolzen.

Ein Jahr später, das grausige Ereignis jährte sich zum ersten Male, war der Gefängnisaufseher Collins auf dem langen Gang der Haftanstalt, in welcher auch Gardner einsaß, unterwegs, um die Zellen aufzuschließen. Die Häftlinge sollten zum Hofgang und eigentlich schien alles so wie es immer ablief. Doch als Collins Gardners Zelle aufschloss und die knarrende Tür mit einem

Schwung öffnete, traf ihn beinahe der Schlag. Denn vor seinen Augen breitete sich ein regelrechtes Blutbad aus – Gardner lag in Einzelteile zerlegt auf dem steinernen Boden! Die späteren Ermittlungen ergaben allerdings, dass niemand aus Collins die Zelle betreten konnte. Collins hatte vor Dienstbeginn die Nacht nachweislich zu Hause bei seiner Familie verbracht und konnte nicht in der Haftanstalt sein. Mitgefangene berichteten aber von einem seltsamen Mann, den sie durch ihren winzigen Spion in der Zellentür beobachtet haben wollten. Der sonderbare Alte soll über dem Gefängnisgang geschwebt sein und immerfort gerufen haben: „Heute werde ich dich rächen, heute bist dran, Gardner!"

Zimmer 502

s war ein wundervoller Urlaub. Ich hatte mich in einem romantischen Berghotel in den Rocky Mountains eingemietet und ging jeden Tag durch die faszinierende Bergwelt spazieren. Die Kälte reinigte meine Seele und die Sonne gab mir wieder neue Kraft. Ich beschäftigte mich damals mit mystischen Orten. In diesen Tagen war das sagenhafte Waverly-Hills-Sanatorium in Louisville/Jefferson County an der Reihe. Ich entdeckte es im Internet und ich fand das Aussehen der verfallenen Gebäude wirklich genau richtig, um dort nach rätselhaften Geistern und diversen Spukgeschichten zu suchen. Besonders beeindruckte mich die sogenannte Körperrutsche, auf welcher einst die unzähligen Leichen, ungesehen nach unten befördert werden konnten. Solch eine bauliche Besonderheit hatte ich bis dahin noch nirgendwo gesehen. Und ich wollte mich eigentlich selbst von all diesen Dingen überzeugen. Doch ich wollte auch meinen Urlaub genießen. Aber plötzlich geschahen äußerst seltsame Dinge, die ich mir einfach nicht erklären konnte. An jenem Morgen wollte ich zu einer neuen Bergtour aufbrechen. Das Wetter war gut und ich wollte mich irgendwo in luftiger Höhe in die warme Sonne legen und an gar nichts denken. Auf dem Flur herrschte reger Betrieb. Irgendwie schienen alle den gleichen Gedanken zu haben. Bei meinem Weg ins Restaurant fiel mir eine junge schwarzhaarige Frau auf.

Sie schien zum Personal zu gehören, denn sie trug einen weißen Kittel. Sie fiel mir auf, weil sie irgendetwas zu suchen schien. Als sie mir entgegenlief, schaute ich unweigerlich in ihre großen dunklen Augen. Sie schienen irgendwie traurig zu sein und ich fragte sie, was sie suchte. Doch sie sah mich so merkwürdig an, schien durch mich hindurchzuschauen und lief einfach weiter. Ich lief ihr nach und fragte sie erneut. Doch sie nahm keinerlei Notiz von mir und verschwand schließlich in einem der Zimmer. Da die Zimmertür nur angelehnt war, schaute ich ins Innere des Raumes. Doch da war niemand. Ich war mir jedoch sicher, dass die junge Frau in dieses Zimmer hineingegangen war. Ich schaute auf die Zimmernummer, es war Zimmer 502. ein wenig irritiert ging ich ins Restaurant und ließ mir mein Frühstück schmecken. Dennoch musste ich immerfort an diese junge Frau denken. Wieso konnte ich sie im Zimmer nicht sehen, wenn sie doch dort hinein gegangen war? Es war sehr seltsam und ergab irgendwie keinen rechten Sinn. Nachdenklich brach ich zu meiner Wanderung auf. Es war wirklich ein herrlicher Spaziergang und ich entdeckte eine große Wiese, die offensichtlich von noch keinem anderen Touristen gefunden wurde. Ich setzte mich auf einen Baumstumpf und schloss meine Augen, während ich mein Gesicht von der Sonne bräunen ließ. Plötzlich sprach mich jemand an: „Junger Mann, darf ich Sie mal stören?" Ich öffnete meine Augen und schaute in das makellose Gesicht der fremden

jungen Frau aus dem Hotel. In ihrem weißen Kittel stand sie vor mir und lächelte mich an. „Sie haben mich vorhin so seltsam angeschaut", sagte sie, während sie sich dem Sonnenlicht entgegen wandte. Ich wunderte mich wirklich sehr, denn die junge Frau hatte nichts bei sich. Sie trug nicht einmal eine Jacke obwohl es so kalt war. Und noch seltsamer fand ich, dass sie mir nur wegen meiner Blicke gefolgt war. „Ja, Sie sind mir aufgefallen, weil Sie wohl etwas suchten", antwortete ich verlegen und sie schien plötzlich Tränen in ihren Augen zu haben. Doch dann sprach sie die düsteren Worte, die mir einen eisigen Schauer über den Rücken trieben: „Es ist fort, mein Kind, es ist tot! Ich habe gestern nur mein Zimmer gesucht, Zimmer 502." Ich konnte gar nichts mehr sagen, wieso war ihr Kind tot? Hatte sie es etwa … doch das war ja unmöglich. In diesem unglaublichen Fall wäre sie mir niemals gefolgt. Sie hätte sich verborgen oder wäre vor Angst sogar geflohen. Ich wollte dennoch unbedingt wissen, was sie mit dem toten Kind meinte. Doch als ich sie danach fragte, schwieg sie. Sie meinte nur, dass sie Schwester Mary sei und niemals über den Tod ihres Kindes hinwegkommen würde. Und plötzlich nahm sie meine Hand und presste sie fest an sich. Ich spürte, dass ihre Hand eiskalt war und konnte ihr sonderbares Verhalten einfach nicht verstehen.
Ich drückte ihre Hand, wollte sie beruhigen und ihre Hände ein wenig aufwärmen. Doch sie zog ihre Hand zurück und sagte leise: „Ich muss

wieder zurück. Es ist alles zu spät, denn mein armes Kind, es ist tot." Weinend lief sie davon und verschwand schon bald zwischen den Bäumen am Wiesenrand. Ich wollte ihr nachlaufen, doch ich fand sie nirgends mehr. Sie war wie vom Erdboden verschwunden. Gegen Mittag kehrte ich ins Hotel zurück und wollte Genaueres über diese vermeintliche Schwester herausfinden. Dazu befragte ich ein Zimmermädchen des Hotels, aber die konnte sich nicht an eine Schwester Mary erinnern. Auch an der Rezeption des Hotels wusste niemand, wer die vermeintliche Schwester sein konnte. Ich sah sie nicht wieder, doch am Abend, als ich mich wieder meinen mystischen Thematiken zuwandte, bekam ich den Schock meines Lebens. Im Internet informierte ich mich wieder über das Waverly-Hills-Sanatorium, meinem neuesten Studienobjekt. Doch was ich dort las, konnte ich nicht fassen. Es wurde über eine geheimnisvolle Schwester Mary berichtet, die angeblich ihr Kind abgetrieben haben sollte und sich schließlich in Zimmer 502 an einem Deckenbalken erhängt haben sollte. Es war einfach unglaublich, aber die Schwester wurde als schwarzhaarige junge Frau beschrieben. Sollte diese Mary etwa … aber das war ja vollkommen unmöglich. Und was suchte sie ausgerechnet in diesem Hotel? Ich musste der Sache auf den Grund gehen und wollte ins Zimmer 502, um nach Schwester Mary zu sehen. Vielleicht konnte ich ihr helfen oder den mysteriösen Spuk aufklären. Immerhin hatte ich diese

Frau am Vortag in dieses Zimmer gehen sehen. Doch als ich auf dem Flur eintraf, wo dieses Zimmer hätte liegen müssen, befand es sich nicht mehr. Die Zimmer endeten bei Nummer 500. Als ich an der Rezeption nach Zimmer 502 fragte, sagte man mir, dass es ein Zimmer mit der Nummer 502 in diesem Hotel nie gegeben hatte.

Das alte Kastell

Gespenstisch lag das alte Kastell zu Lima im Hochland von Rockford-Mountain. Lady Arabella von Lima lebte seit vielen Jahren auf diesem herrschaftlichen Landsitz und pflegte das schwierige Erbe ihrer großherzoglichen Familie. Derer zu Lima kamen einst aus dem Südamerikanischen und hatten damals vor fünfhundert Jahren ihr Domizil in diesem eroberten Kastell gefunden. Doch es war ein zunächst sehr schweres Erbe, das ihnen da zuteilwurde. Denn die Gefolgschaft tat nicht das, was sie tun sollte und die Leute mochten sie schlichtweg nicht. Es war schon ein hartes Stück Arbeit und eine Menge mittelalterlicher Folter vonnöten, den Neu-Adel zu etablieren. Doch dann, etwa um 1525 herum, war es soweit. Die Familie Lima war die unumstrittene Herrscherfamilie in dieser Gegend. Keiner traute sich mehr, auch nur ein Wort gegen die Herrscher zu äußern. Es wäre ihm wohl schlecht bekommen. Diese Zeiten waren lang vorüber und Lady Arabella war kurz davor, diesen Landsitz zu verkaufen. Das Geld wurde knapp und nur vom Erbe und dem geretteten Namen konnte sie auch nicht leben. Und so schritt sie ein letztes Mal durch die riesigen Säle des Gemäuers, um von allem Abschied zu nehmen, was sie dort erblickte. Tränen liefen ihr übers Gesicht und als sie die mannshohen Gemälde ihrer Ahnen sah, stockte ihr beinahe der Atem. Sie schämte sich sehr, dass sie es nicht geschafft hatte, dieses Anwesen zu retten. Doch es half nichts- sie musste gehen. Als sie im letzten Saal, dem so genannten Musikzimmer eintraf, ließ sich das Licht nicht einschalten. Da es draußen längst dunkel geworden war, konnte sie natürlich nichts sehen. Nervös kramte sie nach einer Taschenlampe in ihrer Jackentasche. Seitdem sie nicht mehr alle anfallenden Energierechnungen bezahlen konnte, hatte man schon oft den Strom abgestellt. Sie schaltete die Lampe ein und versuchte, irgendetwas zu erkennen. Doch der schwache Lichtkegel verlor sich in der Düsternis des großen Raumes. Da vernahm sie plötzlich eine seltsame Stimme. Es hörte sich an, als ob irgendjemand flüsterte. Sie konnte nichts verstehen und rief laut: „Hallo, ist da jemand? Melden Sie sich doch! Hallo!" Doch es antwortete niemand. Und nun funktionierte auch die Taschenlampe nicht mehr, mit einem Schlag fiel das Licht aus. Weil Ashley nicht viel sehen konnte, wurde es ihr recht unheimlich zumute und sie suchte nach der Tür. Sie fand sie jedoch nicht mehr und irrte in dem großen dunklen Saal umher. Doch da war sie wieder, diese sonderbare Stimme. Sie flüsterte irgendetwas und Arabella konnte sie nicht verstehen. Noch einmal rief sie laut und wollte wissen, wer da sprach. Doch auch diesmal kam keinerlei Antwort. Plötzlich war es ihr, als ob die Stimme zu singen begann. Ganz leise sang die Stimme ein Lied. Es war eine Mädchenstimme und Lady Arabella lauschte dem wundersamen Gesang. Der Gesang war so sanft und so zart, wie sie noch nie ein Lied gehört hatte. Und wieder musste sie weinen. Sie fand einen Hocker, auf den sie sich schließlich setzte. Und die Stimme sang immer weiter. Es war wie ein Gesang aus Tausend und einer Nacht. Als die Stimme verstummte, wurde es wieder totenstill. Noch einmal versuchte Arabella der Taschenlampe einen winzigen Lichtstrahl abzuringen. Und es gelang, allerdings nur für wenige Sekunden. Aber diese kurze Zeit reichte aus, um ein Buch auf dem Fußboden zu entdecken. Sie hob es auf und schlug es auf. Und es war ganz seltsam, denn obwohl ihre Taschenlampe nun keinen einzigen Mucks mehr tat, leuchteten die Seiten ganz von selbst. Arabella kam aus dem Staunen nicht mehr heraus. In dem Buch waren dutzende von Liedern verzeichnet. Es mussten Lieder aus einem anderen Lande sein, denn die Texte waren allesamt in Spanisch verfasst. Da sie die Sprache beherrschte und auch Noten zu lesen vermochte, begann sie zu singen. Und es war die gleiche Melodie, die sie eben gehört hatte. Die fremde Stimme hatte diese Lieder gesungen und sie fand diese Musik so wunderschön, dass sie ein Lied nach dem anderen sag, welches sie in diesem Buch fand. Und plötzlich schaltete sich auch das Licht im Saal wieder ein. Der riesige Kronleuchter in der Mitte des Raumes verbreitete ein strahlendes Licht und Arabella war, als seien die alten glorreichen Zeiten wieder erwacht.

Sie fühlte sich wie die Fürstin eines fernen Märchenlandes. So etwas hatte sie noch nie zuvor erlebt. Was waren das nur für zauberhafte Lieder? Wie konnte es möglich sein, dass diese Lieder den Saal und sie selbst derart verzauberten? Konnte diese sanfte Musik wirklich ein solches Wunder vollbringen? Immer und immer wieder hob sie zu singen an und jedes Lied verklang inmitten des Saales wie ein Choral. Und obwohl sie ja „a cappella" und ganz allein diese Strophen sang, war es ihr, als würde sie von einem Orchester begleitet und mehrstimmig singen. Es war verrückt aber es war wunderschön. Und als sie zu diesen Liedern zu tanzen begann, vergaß sie alles Schlechte, was sie die vergangene Zeit begleitet hatte. Sie sah nur noch diesen schimmernden Kronleuchter und die langen weißen Gardinen, die von einem seltsamen Luftzug magisch bewegt wurden und sie hörte nur noch diese einzigartige Musik. Irgendwann sank sie schließlich in sich zusammen und lag unter dem Kronleuchter. Sie lachte und fühlte sich so glücklich wie schon lange nicht mehr. Und in ihr erwuchs eine glorreiche Idee, sie wollte in diesem Saal Gesangsstunden und Konzerte geben. Schon am nächsten Tag wollte sie Inserate in den Zeitungen aufgeben und mit ihrem Vorhaben beginnen. Die ganze Nacht hindurch sang und tanzte sie und am nächsten Tag tat sie alles so, wie sie es sich vorgenommen hatte. Und es war wie ein Wunder, schon nach wenigen Tagen hatten sich so viele Interessenten für ihren Gesangsunterricht gemeldet, dass sich die Kassen langsam wieder füllten. Und als sie die ersten Konzerte gab, bei welchen sie selbst und ihre Schüler auftraten, waren alle Finanznöte schnell vergessen. Es ging wieder aufwärts und aus dem alten Kastell wurde eine einzigartige Musikschule. Das Geschäft florierte und Lady Arabella gelangte zu neuer Anerkennung. Es war die Musik, die sie so erfolgreich werden ließ. Nicht einmal im Traum hätte sie sich das gedacht. Und als sie eines Nachts wieder einmal durch die Räume des Kastells schritt, hatte sie das alte Liederbuch unterm Arm. Sie wollte alles noch einmal genau durchlesen. Sie schlug es auf und entdeckte einen kleingedruckten Satz, den sie nie mehr vergessen konnte: „Diese Lieder sollen der Familie Lima immer Glück und Erfolg bringen. In Liebe, Constanze von Lima." Und als Arabella das las, sang wieder diese leise, zarte Stimme. Und Arabella sang einfach mit und sie war sich sicher, dass es Constanze war, die da sang.

Die Lüge

Und sie bewegt sich doch! Mit diesem Spruch hatte es Galileo Galilei den Menschen gezeigt. Die Erde ist rund und bewegt sich um ein Zentralgestirn, die Sonne. Aber ist das wirklich so?

Atlanta, 2. Dezember 1997

Tony Brown arbeitete sehr erfolgreich in der Forschung und hatte gerade erst einen wichtigen Meilenstein in seiner Arbeit erreicht. Nach langen und entbehrungsreichen Jahren der Forschung war es ihm gelungen, einen Generator zu entwickeln, der ein künstliches Schwerefeld erzeugte. Dies war vor allem für die Weltraumfahrt von allergrößter Bedeutung. Mit diesem neuartigen Generator war es nun endlich möglich, Menschen auf langen Weltraumflügen nicht mehr der Schwerelosigkeit auszusetzen. An diesem denkwürdigen Tage sollte er den Generator in eine Weltraumrakete einbauen, die dann zu einem Testflug ins All aufsteigen sollte. Allerdings handelte es sich dabei um ein privat finanziertes Projekt, welches auf einem abgesperrten Gelände bei Atlanta durchgeführt wurde. Tony hatte sich bei Mr. Potter, dem Leiter des Experimentes angemeldet, der ihm die Rakete zeigen wollte. Als Tony bei Potter eintraf, war dieser gerade nicht vor Ort und Tony sollte eigenständig mit den Arbeiten beginnen. Die Rakete befand sich in einem Silo, der tief in die Erde eingelassen war. Tony brauchte nur durch eine Schleuse in die obere Sektion der Rakete, wo sich der Nutzlastbehälter befand. Er bot gerade so viel Platz, um die nötigen Computer und den neuen Generator unterzubringen. Der Teststart war für den Abend vorgesehen. Tony zog sich einen Schutzanzug über und betrat die Kapsel. Hinter sich schloss sich die Luke und riegelte den engen Raum hermetisch ab. Die seltsame Stille wurde nur durch ein leises Summen unterbrochen und vorn unter einem Bullauge befanden sich die Computer, die in regelmäßigen Abständen bunte Lichter aufflackern ließen. Tony kniete zwischen all der aufwendigen Elektronik, um den Generator anzuschließen. Es gelang und mit seinem mobilen PC schaltete er das Gerät ein. Doch plötzlich geschah etwas Merkwürdiges, der Rumpf der Rakete begann zu vibrieren. Erst ganz sanft doch dann immer stärker und stärker. Schließlich begann ein ohrenbetäubendes Rauschen und Pfeifen, und ein heftiger Druck presste Tony zwischen seinen Generator und die übrigen Apparaturen. Die bunten Lichter flackerten hektisch und die Rakete rüttelte derart heftig, dass Tony schon befürchtete, sie könnte auseinanderbrechen. Panisch versuchte Tony sich zu befreien. Und eine alles beherrschende Frage beherrschte – was ging da nur vor? Er wollte schnellstens aus der Rakete, doch er konnte sich einfach nicht befreien. Zu fest wurde er in den engen Spalt gedrückt und er bekam kaum noch

Luft. Das Bullauge verfinsterte sich und irgendwie war es Tony, als ob er plötzlich ganz leicht wurde, federleicht sogar. Er schien zu schweben, doch er klemmte fest zwischen den Apparaturen. Dann allerdings schaltete sich der Generator ein. Eigentlich sollte der sich erst dann zuschalten, wenn die äußerste Schicht der Erdatmosphäre erreicht war und die Schwerelosigkeit begann. Er schien jedoch einwandfrei zu funktionieren und alle Instrumente zeigten volle Schwerelosigkeit an. Wie war das nur möglich? Offenbar erzeugte der Generator bereits zu diesem Zeitpunkt sein künstliches Schwerefeld. Mit letzter Kraft quetschte sich Tony aus seinem Spalt und hangelte sich an den unzähligen technischen Apparaturen vorbei bis zum Bullauge. Doch als er durch das Schutzglas schaute, glaubte er, an einer Sehstörung zu leiden. Denn das Bullauge war keineswegs mehr verdunkelt. Tony konnte hinausschauen und starrte fassungslos in die graue Unendlichkeit einer unwirklichen Welt. Unter der Rakete schwebte eine riesige Scheibe, die auf einer Art Ozean driftete. Über der Scheibe schwebten der Mond und dutzende von Sternen. Und eine leuchtende Sonne erhellte die gesamte Szenerie. Tony kniff seine Augen zusammen, glaubte zu träumen. Doch als er seine Augen wieder öffnete, war noch immer alles vorhanden. Wie konnte das nur möglich sein? Wieso befand sich unter ihm eine Scheibe? War das etwa die Erde? Sie musste es sein, denn wo sollte sich die Rakete sonst befinden? Plötzlich wurde es still im Raumschiff und Tony ahnte, dass sich die Instrumente, die für den Start der Rakete verantwortlich waren, abgeschaltete hatten. Lautlos glitt der Raumflugkörper durch eine unbegreifliche Umgebung und Tony starrte kopfschüttelnd durch das Bullauge. Er konnte einfach nicht glauben, was er sah. Sollte das am Ende alles nur Einbildung sein? Oder handelte es sich hier wirklich um den Testflug der Rakete? Das einzige, was ihn überzeugte, war sein Generator. Der schien zu funktionieren, denn Schwerelosigkeit gab es in der Rakete faktisch nicht mehr. Tony stand sicher auf dem Boden und der Generator zeigte normale Werte an. Plötzlich vernahm er menschliche Stimmen. Sie wurden offenbar vom automatischen Funksystem der Rakete ausgesandt. Doch sie sprachen von etwas, dass ganz und gar nicht stimmen konnte. Auf einem Monitor konnte Tony sehen, welche Bilder da an die Erde geschickt wurden. Demnach befand sich die Rakete im All und tief unter ihr thronte die riesige blaue Kugel der Erde. Doch das stimmte ja nicht, und nur Tony wusste, dass es anders war. Denn diese wuchtige Scheibe in dem fahlen grauen Nichts, inmitten eines wabernden Urozeans, musste die wirkliche Erde sein. In diesem Moment flogen ihm die wirrsten Gedanken durch den Kopf. Er sah all die vielen Sternenforscher, die Astronauten und die Veteranen der Astronomie: Kepler, Galilei, und nichts war mehr wie es sein sollte. Tony war schockiert. Sollte denn wirklich alles nur eine wahnwitzige Lüge gewesen sein? War am Ende die Erde doch eine Scheibe? Und wie war das mit den Menschen, der Krone der Schöpfung? In Tonys Kopf drehte sich alles und ihm wurde heiß, sehr heiß. Er taumelte zu seinem Generator zurück. Da setzte wieder das seltsame Vibrieren ein und Tony wurde unweigerlich in seine Spalte gepresst, aus der er sich eben erst befreit hatte. Sämtliche Kräfte verließen ihn und er fiel derart unsanft, dass er sich den Kopf an einem der Messinstrumente schlug und ohnmächtig wurde. Irgendwann spürte er eine Hand auf seiner Schulter, jemand rüttelte ihn. „Hallo, Mr. Brown, hören Sie mich, es funktioniert alles wunderbar!" Tony versuchte seine Augen zu öffnen und schaute schließlich in das Gesicht eines Mannes im weißen Kittel. Es war Mr. Potter, der in der Luke der Rakete stand und Tony mit aufmunternden Worten begrüßte. Der war noch immer ganz benommen und faselte andauernd etwas von der Erde, die eine Scheibe sei und auf einer wabernden Ursuppe dahin schwamm. Potter konnte nichts damit anfangen und lachte nur. Dann half er Tony aus seiner misslichen Lage und die beiden verließen die Rakete. Außerdem wurde Tony klar, dass der Flugkörper noch gar nicht gestartet war. Er stand noch immer in seiner Verankerung im Silo und summte vor sich hin. Potter teilte Tony mit, dass der Generator einwandfrei funktionierte und der Testflug noch am gleichen Abend stattfinden sollte. Tony, der sich rasch erholte, war erleichtert. Offenbar hatte er alles nur geträumt. Die langwierige Forschungsarbeit und die vielen durchgearbeiteten Nächte hatten ihn wohl mürbe werden lassen und er hatte sich den ganzen Unsinn mit der Scheibe nur zusammen gedichtet. Nachdem alle Vorbereitungen getroffen waren, betrat Tony sein Labor, von wo aus er den Generator steuern konnte. Noch bevor die Rakete startete, checkte er den Generator noch einmal gründlich durch. Das Gerät verfügte sogar über einen internen Speicher, der alle Etappen des Fluges aufzeichnete und den gesamten Flug im Bild festhalten konnte. Plötzlich fiel Tony auf, dass der Generator schon irgendetwas aufgezeichnet haben musste. Das konnte eigentlich gar nicht sein, denn die Rakete war ja noch am Boden. Irritiert öffnete er den Speicher und kontrollierte die Programme auf ihre Funktionstüchtigkeit. Doch alles funktionierte normal. Es war jedoch eine Videoaufzeichnung im Speicher, die Tony eigentlich sofort löschen wollte. Doch zuvor schaute er sich diese Aufzeichnung an. Was er dann zu sehen bekam, ließ ihm das Blut in den Adern gefrieren. Und sofort kehrten seine vermeintlichen Erinnerungen zurück: Die Scheibe, der wabernde graue Ozean, diese Unendlichkeit! Und er spürte, wie ihm der Atem zu stocken drohte, denn all diese Dinge hatte der Speicher tatsächlich vor sechs Stunden aufgezeichnet: Die Scheibe, den wabernden Ozean und die graue unerklärliche Unendlichkeit!